青年学者文库 **14**

文学批评系列

萤火时代的闪电

——诗歌观察笔记或反省书

霍俊明　著

中国言实出版社

图书在版编目（CIP）数据

萤火时代的闪电：诗歌观察笔记或反省书/霍俊明
著 . -- 北京：中国言实出版社，2016.5
ISBN 978-7-5171-1876-3

Ⅰ . ①萤… Ⅱ . ①霍… Ⅲ . ①诗歌研究－中国－当代
Ⅳ . ① I207.22

中国版本图书馆 CIP 数据核字（2016）第 094350 号

出 版 人：王昕朋
责任编辑：肖凤超
封面设计：王立霞

出版发行 中国言实出版社
　　　地　　址：北京市朝阳区北苑路 180 号加利大厦 5 号楼 105 室
　　　邮　　编：100101
　　　编辑部：北京市海淀区北太平庄路甲 1 号
　　　邮　　编：100088
　　　电　　话：64924853（总编室）　64924716（发行部）
　　　网　　址：www.zgyscbs.cn
　　　E-mail：zgyscbs@263.net
经　　销　新华书店
印　　刷　阳谷毕升印务有限公司
版　　次　2016 年 6 月第 1 版　　2022 年 1 月第 2 次印刷
规　　格　710 毫米 ×1000 毫米　1/32　5.125 印张
字　　数　128 千字
定　　价　35.00 元　　ISBN 978-7-5171-1876-3

前　言
被刻意缩小的闪电

无论是西方的"水仙"还是中国的"屈原"，诗人在原型和人格上都被指认为是不健全的。"诗人"有某种特殊的天性。而这种天性在诗歌之外的日常语境中就成了根深蒂固的"痼疾"。这是否意味着在众多的文体中只有诗歌要去接受各种"悲观主义、讽刺、苦涩、怀疑的训练"？但不要轻易认为"大众"就代表了真理，大众所构成的"阅读民主"既可能是一种观察角度，也可能作为一种支配性的态度而成为偏见。

新诗一百年了！但是新诗仍没有建立起具备足够公信力的"共识机制"和"传统法度"。这该归罪于谁——诗人？诗评家？读者？教育？大众？一贯被指认为"边缘""小众""朦胧"的诗歌，其命运却是吊诡莫名的，在很多重要的时间节点上率先对诗歌发难的正是那些言之凿凿"读不懂诗歌"的社会、媒体与公众。那么，诗人之"原罪"何以发生？"大众"和公共媒体以及自媒体所关注的往往不是诗歌自身的成色和艺术水准，而更多是将之视为一场能引起人们争相目睹集体热议的社会事件——哪怕热度只有一秒钟。这可

能正是目前中国诗歌在写作、传播与评价过程中难以避免的悲哀！甚至这份悲哀来得让人无言以对。那么多的局外人、陌生人和不懂诗歌的人却是对评价尤其是批判新诗充满了难以想见的热情。

而回到当下的诗歌现场，这似乎是一个热闹无比的时代，尤其在新媒体和自媒体的推波助澜之下。诗人的自信、野心和自恋癖空前爆棚。面对着难以计数的诗歌生产和日益多元和流行的诗歌"跨界"传播，诗歌似乎又重新"火"起来了，似乎又重新回到了"公众"身边。但是凭我的观感，在看似回暖的诗歌情势下我们必须对当下的诗歌现象予以适时的反思甚至批评。因为在我看来，当下是有"诗歌"而缺乏"好诗"的时代，是有大量的"分行写作者"而缺乏"诗人"的时代，是有热捧、棒喝而缺乏真正意义上的"批评家"的时代。即使是那些被公认的"诗人"也是缺乏应有的"文格"与"人格"的。正因如此，这是一个"萤火"的诗歌时代，这些微暗的一闪而逝的亮光不足以照亮黑夜。而只有那些真正伟大的诗歌闪电才足以照彻，但是，这是一个被刻意缩小闪电的时刻。

是的，我们讨论新诗从来没有变得像今天这样吊诡而艰难。鉴于新诗话语的特殊性和复杂性以及愈益复杂难解的生态场域，那些持"纯诗"立场或"及物写作""见证诗学"姿态的人们都有完备的理由来为新诗辩护。你可以认为诗歌就是纯粹自足的修辞练习，也可以认为是社会的回音室，但是问题的复杂性恰恰在于缺乏彼此信任和相互沟通的机制。对于新诗而言，任何一种观点、说辞、立场和姿态都会遭遇到其他论调的不满或愤怒。专业的读者和诗人、评论家一直语重心长甚至义愤填膺地强调或警告普通读者要"把诗当作诗"来阅读。可是真正把诗置放于公共空间，诗歌专业人士的"纯诗"愿望必然会落空。"纯诗"和"不纯诗"的相互博弈和胶着构成了诗歌史的两面。诗歌与批评、阅读的复杂共生关系是所有文体中最难以说清的。因为无论诗歌被业内指认为多么繁荣和具有重要性，但总会有为数众多的人对诗歌予以批评、取笑、指责、攻讦。这就是"新诗"和"现代诗人"的"原罪"。

好诗的标准是什么？有没有一个既被专业人士认同又能够在最大面积的受众那里产生共识的诗歌评价标准？换言之，被指认为文学性要求最高又最为私密的诗歌如何能够有效地被社会公众认可？甚至被指认为"天才事业"的"小众""精英"诗歌有没有必要"取悦"于更多的读者？而围绕近期被热议的余秀华、许立志等"草根诗人"，我们看到的是专业诗人内部对其诗歌美学的莫衷一是。既然连专业人士内部都没有共识又何谈诗歌写作和诗歌评价标准的公信力？这既在于现代汉语诗歌传统自身建构的不完善且尚需时日，又在于一些诗歌批评家和研究者们的话语幻觉。

很多诗歌批评家以为一篇文章能够引领读者和时代前进。而批评家在多大程度上能够改变大众对某位诗人、对过去某个时期文学的兴趣？批评家在多大成程度上影响他所处时代读者的趣味？艾略特的答案是：几乎没有。而事实上却是评论家一个个更像是站在舞台上的魔术师，手里拿着那顶黑色礼帽。他们用各种眼花缭乱又看似高深莫测的专业伎俩不断掏出花样翻新的东西。但最终，那顶帽子里却空无一物。

在特殊的社会文化语境之下公众对诗歌的解读（误读）形成集体性的道德判断。甚至诗歌的历史由此会被修改。指认一首诗的优劣，评价一个诗人的好坏在很多时候已经不是问题。我们不要充当廉价的支持者或反对方，而应该去关注现象、问题背后的认知和评价机制是如何形成并发挥公众效力？更多的时候人们已经习惯将一首诗和一位诗人扔在社会的大熔炉中去检验，把他们放在公共空间去接受鲜花或唾液的"洗礼"。面对公共事件和个人的日常生活哪个更具有重要性？道德的天平和文学的准星该如何平衡一个诗人和诗歌从内到外的优劣？而对于中国文学场域来说，诗歌更多时候是

被置放于国家道德和民众舆论评判的天平上。

我们如何在一个诗人的生前和死后认认真真地谈论他的诗歌？如何能够有一个不再一味关注诗人死亡事件、社会身份、公众噱头的时代到来？反过来，需要追问的是中国百年新诗史上是否真正存在过一个阶段是完全的"纯诗"和"新批评"意义上的？恰恰相反。我们的诗歌历史总是在政治运动、诗歌运动和公众舆论中进行的诗歌讨论和争论。很大程度上诗歌的美学接受与社会因素很多时候是难以完全区分开的。当下，社会学批评、传记式批评、弗洛伊德性心理批评以及媒体批评正在大行其道。

诗人的个人才能与"传统"的关系永远都是实实在在的。面对自媒体阅读语境下诗歌的"原罪"、诗人身份以及涉及现实场域的"见证诗学"，面对着缺乏共识可言的激辩，面对着公信力和评判标准缺失的现代汉语诗歌，亟须建立诗歌和诗人的尊严。这既是美学的问题，又是历史的问题。来路正长！还是那个长久以来萦绕耳畔的疑问——诗人应该对谁负责？

"怎样才能站在生活的面前？"而在写作越来越个人、多元和自由的今天，写作的难度却正在空前增加。由此，做一个有方向感的诗人显得愈益重要也愈加艰难。尤其是在大数据共享和泛新闻化写作的情势下，个人经验正在被集约化的整体经验所取消。近年来诗歌乃至文学界讨论最多的就是"现实""生活"和"时代"。如何讲述和抒写"中国故事"已然成为写作者共同的命题，无比阔大和新奇的现实以及追踪现实的热情正在成为当下汉语诗歌的催化剂。

很多诗人没有注意到"日常现实"转换为"诗歌现实"的难度，大抵忘记了日常现实和诗歌"现实感"之间的差别。过于明显的题材化、伦理化、道德化和新闻化也使得诗歌的思想深度、想象力和诗意提升能力受到挑战。这不是建立于个体主体性和感受力基础之上的"灵魂的激荡"，而是沦为"记录表皮疼痛的日记"。很多诗人写作现实的时候缺乏必要的转换、过滤、变形和提升的能力。

　　在北京的城市空间，我偶尔会想起乡下院子里父亲和三舅亲手打造的那架松木梯子——粗糙、结实、沉重。它如今更多的时候是被闲置在院子里一个角落，只有偶尔修房补墙的时候才能派上用场。显然这架有着淡淡松木香味的梯子成了我的精神象征。在一个精神能见度降低的钢铁水泥城市空间，我需要它把我抬高到一个位置——看清自己的处境，也顺便望一望落日，看一看暮色中并不清楚的远方。我想这把梯子不只是属于我一个人的，更是属于这个时代的每一个人。诗歌就是生活的梯子——沉滞麻木的生活需要偶尔抬高一下的精神景观，哪怕诗意只是提高小小的一寸。向上的路和向下的路实际上是一条路。正如备受争议的余秀华说的"诗歌是什么呢，我不知道，也说不出来，不过是情绪在跳跃，或沉潜。不过是当心灵发出呼唤的时候，它以赤子的姿势到来，不过是一个人摇摇晃晃地在摇摇晃晃的人间走动的时候，它充当了一根拐杖"(《摇摇晃晃的人间》)。如今很多人已经不知梯子为何物。而对于诗歌而言，这一架梯子显然代表了写作的难度和精神方向性。当年的很多先锋诗人尽管目前仍然勉为其难地坚持写作（很多早已经偃旗息鼓），尽管他们也仍扛着或提着一个想象性的梯子，但是这个梯子更多的时候是无效的。因为在一些人那里，这个梯子不是来自于中国本土，而是来自于西方的材料。到了文学如此飞速发展的今天，这个单纯由西方材料制造的梯子已经承受不起人们踩登上去的重量。而更多的时候这一诗歌的梯子也只是被提在手里，甚至更多的时候是横放在门口或某个角落——不仅不能发挥高度和长度的效用，而且成了庞大的累赘和摆设。

　　2014年的10月中旬，秋风渐起的时候我独自一人站在温州的江心屿和楠溪江，看着不息的江流我竟然在一瞬间不知今夕何夕。千年的江水和崭新的大楼同时出现在我们的面前，这就是生活。在那些迅速转换的地理和历史背景中诗人应该时时提醒自己和当代人牢记的是，你看不清自己踩着的这片土地，不呼吸当下有些雾霾的空气，不说当下体味最深的话，你有什么理由和权利去凭空抒写历史，以何感兴又何以游目骋怀、思接千载、发思古之幽情？

诗人，还是老老实实、踏踏实实地把文字揣在自己怀里，继续说"人话"为好。再一次强调的仍然是那句话——你必须站在生活的面前！

霍俊明

2016 年 2 月于北京

CONTENTS

目录

二维码时代的诗歌：境遇、幻象与前景

在新世纪诗歌已经走完 15 年之际，对新世纪诗歌尤其是当下的诗歌评价已经成为普遍现象（比如《文艺报》组织的西川、大解、臧棣、蓝蓝、刘立云等十诗人把脉当代诗歌：如何讲好中国故事的专题研讨）。有研究者认为在社会和文化的转型期和巨变期，诗歌仍然处于并不乐观甚至被诅咒的"乌鸦时代"（汪剑钊），甚至韩东认为 1980 年代以来的 30 年诗歌景观整体扭曲，只与西方有关的写作观念发生联系。有论者认为当下诗歌受到传媒、技术、资本和市场的影响太大了从而丧失了知识分子立场和批判意识以及先锋精神，如欧阳江河认为当下的"很多泡沫的东西、灰尘的东西，浮在的表面，浮在记忆的表面，所以我们的诗歌会是软绵绵的，会是带有消费性质，会是有点颓废，会是有优美，很伤感很自恋很自我的一种崇高，很可能是一种幻觉"。确实，当下中国的社会与文化转型（比如城市化进程、生态危机、乡村问题）使得诗歌写作必须做出调整和应对，甚至一定程度上对赓续的根深蒂固的写作模式和诗歌观念进行校正，尤其是在新闻化的现实境遇面前，对于诗歌这一特殊的"长于发现"的文体类别，在媒体营销式话语充斥每一个人生活空间的时代，找到一首整体性的言之凿凿的具有"发现性"和个人化历史想象力的诗歌其难度是巨大的。

据相关统计微信使用数量已达 7 亿之多，诗歌正在进入"微民写作"和"二维码时代"——"人到盖棺时也很难定论／自己说不清楚，别人更不能／最简单的办法是，死后请一个匠人／把我曲折的命雕刻成二维码／算是我留给世界的最后一方印章／形状一定要刻成祖屋的窗棂／镂空的，百年之后／就把二维码安放在我墓碑的正中／扫墓人一眼就能扫出阴阳两维的苦／扫完码后，不忍离去的那位／估计是我的亲人，也可能／是我的仇人"（麦笛《我的二维码》）。

确实，这一两年来最受关注的就是微信自媒体不断刷屏的众多诗歌活动、事件（比如余秀华事件、"回答——中国当代诗歌手迹拍卖会"）、奖项（各种杂七杂八的诗歌奖项达百种以上）、诗歌节、诗歌出版物（自主出版以及新近出现的众筹出版模式）和译介。据统计现在每天海量的集束型的诗歌产量早已经远远超越了《全唐诗》，而中国诗人的数量早已经跃居世界首位，中国成了名副其实的"诗歌大国"。孙绍振在《当前新诗的命运问题》中就认为"没有一个时代，诗的产量（或者说新诗的 GDP）加上新诗的理论研究，达到这样天花乱坠的程度，相对于诗歌在西方世界，西方大学里备受冷落的状况，中国新诗人的数量完全可以说是世界第一"。

尤其引人注目的是每天都在激增的诗歌微信公众号和微信群给诗歌生态带来的不容忽视的影响，甚至自媒体被认为给新诗的"民主"带来"革命性"影响。在碎片化、电子化和 APP 移动临屏阅读语境下即时、交互性的诗歌写作、阅读和批评都轻而易举地实现了即时性、日常化和大众化。由此诗歌在公众中的地位和形象有所改变——诗歌回暖，诗歌升温，诗歌繁荣，诗歌重新回到社会中来，诗人与读者之间的距离被空前拉近。面对着这些被各种文化机制推动的诗歌活动，我们似乎正在迎接一个"诗歌活动"已达高峰期的时代。得出"活动多，好诗少"这样的结论是有其依据的。然而，我们必须回应的一个近乎老生常谈的话题——在谈论诗歌的时候我们到底在谈论什么？这个问题会变得愈益重要和不可回避。在诗歌"活动"已达高峰期的时候研究者应对以上的诗歌判断做出审慎分析，而不要急于下结论。自媒体平台下的微信诗歌在提供了写作热潮和新闻事件的同时，也让我们思考其现实境遇、不可靠的幻象和可能性前景。

与小说等其他文体相比，一百年来的新诗共识度和自信力到今天也没有完全建立起来，甚至很多时候招致大众和读者不满与批评的恰恰是诗歌。新诗一百年，其合法性在哪里呢？这似乎又到了重新为新诗辩护的时候了。这既涉及诗歌的"新现象"又关乎新诗发展以来的"老问题"。围绕着时下一些新的现象和一些老生常谈的问题，在新与旧的对话中我们重新来面对汉语新诗的场域就显得非常必要——这既是美学的问题又是历史的问题。

多年来人们已经习惯了"诗歌"与"大众"之间的平行或天然的疏离关系，诗人不在"理想国"之内。但是一旦诗歌和"大众"发生关联往往就是作为诗歌噱头、娱乐事件、新闻爆点。这又进一步使得诗歌在公众那里缺乏应有的公信力。然而被专业人士指认为缺乏基本诗歌常识的大众对诗歌和诗人的印象和评说往往令人匪夷所思、啼笑皆非，但最终以失败告终的仍然是专业诗人、读者和评论家们。我们更多的时候已经习惯了将一首诗和一个诗人扔在社会的大熔炉中去检验，把他们放在公共空间去接受鲜花或唾液的"洗礼"。对于中国文学场域来说，很多时候诗歌是被置放于社会公德和民众伦理评判的天平上。而公共生活、个人生活以及写作的精神生活给我们提供的则是一个常说常新的话题——诗人如何站在生活的面前？一首诗歌和个体主体性的私人生活和广阔的时代现实之间是什么关系？

　　每当面对一年来的诗歌，我们总会满怀期待地想梳理它的"新面貌"，似乎今年的诗歌与去年和往年的总会有所不同、有所"进步"。实际上，诗歌正离我们远去，诗歌正在远离读者以及诗歌的边缘化、写诗的比读诗的多、大众读不懂新诗，这些声音这么多年来一直伴随着新诗的发展。很多人对当下诗歌的最大观感就是诗歌很热闹，而且是不一般的热闹。在各种诗歌活动和诗歌事件中，尤其是微信强大力量的推动下，似乎暌违的1980年代的朦胧诗热潮几十年之后再次降临，诗歌重新又回到了"读者"和"社会"中来，诗歌再次高调地走向了公众视野，新诗与读者之间的距离被空前拉近了。确实，以微信为代表的自媒体对诗歌生态的影响已经成为现实，似乎每个人都成了毫无差别可言的"手机控""微信迷"和"屏幕人"。近两年的诗歌在微信自媒体的推动下频繁进入到了一个个火热沸腾的社会现场，诗歌技术空前成熟，诗人的地区和国际交流日益频繁。这似乎成了近两年中国诗歌的标志。

　　那么，诗歌真的"回暖""升温""繁荣"了吗？

　　就此问题，每个人的观感和判断并不相同。

　　支持者高呼雀跃认为新媒体尤其是微信给诗歌带来了民主、进步和自由的福音。这方面具有代表性的例子就是《中国首部微信诗选》和《处子》（首部微信群诗选）的推出以及形形色色、大大小小的微信圈。反对的声音则认为微信平台上的深度阅读已经不可能，"新诗和读者的距离，这几年虽然有所缩短，但是仍然相当遥远，旧的爱好者相继老去，新一代的爱好者又为图像为主的新媒体所吸引。"（孙绍振《当前新诗的命运问题》）而黄灿然则认为只要你想读书即使微信上也可以进行深度阅读。显然，新诗与新媒体的关系已经被很多研究者提升到了"命运"这样大是大非的程度。著名诗人北岛更是认为新媒体所带来的是新的洗脑方式和粉丝经济，甚至成了一种"小邪教"，"某些作家和学者不再引导读者，而是不断降低写作标准，以迎合更多的读者。这是一种恶性循环，导致我们文化（包括娱乐文化在内）不断粗鄙化、泡沫化。在我看来，'粉丝现象'基本上相当于小邪教，充满煽动与蛊惑色彩。教主（作者）骗钱骗色，教徒（粉丝）得到不同程度的自我心理安慰"（《三个层面看生活与伟大作品之间"古老的敌意"》）。

"传媒话语膨胀时代"的微信平台因为取消了审查和筛选、甄别机制在一定程度上推动了诗歌多元化发展，使得不同风格和形态的诗歌取得存在合法性的同时也使得各种诗歌进入到鱼龙混杂、良莠不齐的失范状态，随之也降低了诗歌写作与发表的难度。微信等自媒体并不是一个"中性"的传播载体，正如希利斯·米勒在《全球化时代的文学研究还会继续存在吗》一文中所强调和忧虑的那样，"新的媒介不只是原封不动地传播那内容的被动母体，它们都会以自己的方式打造被'发送'的对象，把其内容改变成该媒体特有的表达。"所以一定条件下新媒体自身的"传播法则"会对诗歌的观念、功能、形态以及话语形式和评价标准都会产生影响。就当下诗歌来看，写作者、评论者和传播者的表达欲望被前所未有的激发出来，"自由写作""民主写作""泛化写作""非专业化写作"正在成为新一轮的神话。

"微信诗歌"作为一种新现象当然需要时间的检验，需要进一步观察、辨析和衡估，但是就已经产生的现象、问题和效应来看，也需要及时予以疏导和矫正。软绵绵甜腻腻的心灵鸡汤的日常小感受、身体官能体验的欣快症、新闻化的现实仿写以及肤浅煽情的"美文"写作大有流行趋势。一定程度上新媒体空间的诗歌正在成为一种"快感消费"，这与娱乐化的电视体验类节目的内在机制是同构的——每个人都能够在新媒体空间亲自体验各种诗歌讯息。微信诗歌话语的自身法则使得点击量、转载率的攀比心理剧增，也进一步使得粉丝和眼球经济在微信诗歌中发挥了强大功能。这使得诗

歌生态的功利化和消费性特征更为突出，而"以丑为美""新闻效应""标题党""搜奇猎怪""人身攻击""揭发隐私"的不良态势呈现为不可控的泛滥，其中文化垃圾、意见怪谈更是层出不穷。即时性的互动交流也使得诗歌的评价标准被混淆，写作者和受众的审美判断力与鉴别力都在受到媒体趣味和法则的影响。

在"无限制性阅读"中每一个写作者都可以成为信息终端，写作的匿名和无名状态被取消，人人都可以堂而皇之地发言，每个人都可以同时充当运动员和裁判员的角色，所以微信在一些诗人和研究者那里被认为给诗歌带来的最大利益和进步就是"民主"。这一民主化的平台极大了推动和刺激了各个职业和社会阶层的普通写作者，甚至带有普及性的大众化的正在进一步扩大范围的"非专业写作"已经成为一股潮流。

而微信这一"写作民主"的交互性代表性平台已经催生了"微信写作虚荣心"，很多人认为只要拥有了微信就拥有了自己的话语权，甚至滋生出了偏执、狭隘、自大的心理。与此同时，电子化的大众阅读对诗歌的评价标准和尺度也起到了作用。由此引发的疑问是诗歌真正地解决"普及"和"大众化"问题了吗？碎片化时代的诗歌写作是否还具备足够引起共识和激发公信力的能力？尤其是在新媒体平台上海量且时时更新的诗歌生产和即时性消费在制造一个个热点诗人的同时，其产生的格雷欣法则也使得"好诗"被大量平庸和伪劣假冒的诗瞬间吞噬、淹没。与此相应，受众对微信新诗和新媒体诗歌的分辨力正在降低。

而如何对好诗进行甄别并推广到尽可能广泛的阅读空间，如何对新媒体时代的诗歌做出及时有效的总结和研究就成了当下诗歌生态中不可回避的重要课题与难题。新媒体平台也使得新诗的跨界和立体传播成为可能，而国内首档电视诗歌跨界真人秀节目四川卫视推出的"诗歌之王"显然是要将"边缘化"的诗歌与"大众"结合，而诗人与歌手的搭台（现场作诗、现场谱曲演唱）以及全国设立预选赛站点也显而易见是迎合了娱乐化的内驱力。

与这种诗歌"日常化""大众化"和"非专业化"相应，一个重要的写作趋向就是以余秀华、许立志、郭金牛、乌鸟鸟、老井为代表的"草根诗人"的"崛起"和大量涌现。而微信等自媒体又对这些"无名诗人""草根诗人""工人诗人"的推动起到了极其重要的作用，其中最具代表性的例子就是余秀华和许立志，而二人背后的社会身份、阶层属性、可供消费性阅读的生存故事、命运背景以及大众媒体的阅读心理实则值得进一步探究与反思。

由社会关注度极高的"草根诗人""工人诗人"写作，我们注意到诗人对现实尤其是社会焦点问题和公共事件的关注从未像今天这样强烈而直接。这一定程度上与媒体开放度有关，比如天津氰化钠爆炸后很短时间内就出现了几十万首的诗歌，但是这些与社会新闻和公共事件直接相关的写作几乎没有可供持续传播和认可的代表性诗作，这些诗歌可能比那片废墟看上去更像是"废墟"。而对生存问题的揭示，对生态环境的忧虑似乎正印证了一句当下最为流行的话——雾霾时代诗人何为？而当下对"诗人与现实""诗歌与生活"问题的热度不减的争议使得写作者对"现实感"的理解发生分歧。一部分人强调诗歌的"介入""见证""及物""现实性"，强调每一个人都应该站在现场和烟尘滚滚的生活面前，将自己纳入到工厂甚至上千人的高温中去感受生活的残酷性；另一部分则认为诗歌应该保持独立性和纯粹性以及个体主体性，认为应该重新对"生活""现实""时代"进行衡估和再认识，也就是说难道有诗人是在"生活"之外写作吗？实际上二者各持的观点并非水火不容，关键之处是应注意到诗歌的"现实感"最终是"语言的现实"，因为诗歌的语言不是日常交际和约定俗成的，而是生成性和表现性的。而我们看到的则是微信话语、新闻话语和日常话语等"消息性语言"

对"诗意语言"的冲击。而"现实"成为"现实感"必须要通过语言、修辞、记忆、经验和想象力来转换并最终完成为"文本现实"。在写作群体空前庞大，作品数量与日俱增的情势下，写作者的"整体图景""个人风格""公信力""辨识度"正在空前降低。这是个体诗学空前膨胀的时代，而诗歌的现实介入能力、文体创造能力、精神成长能力以及个人化的历史想象力也相应受到阻碍。而新媒体话语对诗人个体性写作的空前鼓吹，全球化语境下诗人的"世界写作"的幻觉膨胀，这都使得私人经验僭越了本土经验，小抒情取代了宏大叙事。也由此使得口语写作、私人经验、个体抒情、消解诗意、日常叙事的无难度写作成为普遍现象，"口语"沦为"口水"，"个体写作"导向的是"平庸"和"碎片化"，"自由""开放"导向的是"自恋"和"自闭"。换言之，全媒体时代的诗歌写作空间如此开放，而每个人的写作格局和精神世界竟然如此狭仄，每个写作者都在关心自我却缺乏"关怀"，每个人都热衷于发言表态却罕见真正建设性的震撼人心的诗歌文本。这让人们联想到当年《芝加哥论坛报》对雷蒙德·卡佛的小说评价，人性关怀是第一要素——"他这些角色可能属于混蛋、晦气鬼、失败者、傻瓜、同性恋，但每一个这样的角色又都心存关怀。"

2900个县城，3亿左右的工人，几十万甚至上百万之众的"草根"诗歌写作群体，确实构成了新世纪以来诗歌新生态。这种自发的、原生的直接与生命体验相关的"大众写作"有别于以往的学院派、民间派和知识分子等"专业诗人"的写作美学。以"草根诗人"现象为代表的诗人与现实之间的紧密关系使得诗歌的现实感、人文关怀、及物性都得到了很大程度上的提升。这大体印证了米沃什的"见证诗学"。他们直接以诗歌和生命体验对话，有痛感、真实、具体，是真正意义上的"命运之诗"。与"草根诗人"现象相应，诗歌写作的题材化、伦理化和道德感也被不断强化，底层、草根等"非专业诗人"社会身份和阶层属性得到空前倚重。而底层经验、生存诉求、身份合法性在诗歌写作中得以一定程度地体现，这一趋向围绕着年初的余秀华事件展开并扩展开来（2015年1月13日沈睿的文章《余秀华——穿过大半个中国去睡你》在微信公众号"民谣与诗"上发布，此文1月12日发在豆瓣）。余秀华诗集《摇摇晃晃的人间》首印1.5万册几天即售罄后不断加印，《月光落在左手上》更是4次加印销量突破10万册，这在新诗集中是前所未有的。而这两本同名诗集在台湾的推出更是印证了"草根写作"不仅代表了一种"新美学"，而且在社会层面更具有意想不到的"精神号召力"。此后，草根诗人写作作为一种"新媒体效应"被继续发酵增温。"工人文学奖"网站、微信公众号"中国打工诗歌精选""我的诗篇"持续推出"工人诗歌"的作品和讨论专辑，先后在北京、天津等地举办老井（矿工）、邬霞（制衣工）、唐以洪（制鞋工）、田力（鞍钢工人）、魏国松（铁路工）、陈年喜（爆破工）、白庆国（锅炉工）、绳子（酿酒工）等几十名工人"我的诗篇：工人诗歌云端朗诵会"以及2015打工春晚。在各种媒体尤其是自媒体推动下，这些农民工诗人和产业工人的写作现象引起主流媒体和社会的广泛关注。微信公众号"我的诗篇"以及同名记录电影和诗歌选本"当代工人诗典"的推出都将"工人诗歌"推到了舆论的焦点。在五一国际劳动节期间中央电视台新闻联播五一特辑《工人诗篇》每天滚动播出。那么由此带来的思考则是诗人与厂区和机器之间的关系。

就目前的工人阶层的诗歌写作来看，机器无论是对个人生活还是整体生存境遇以及精神状态都带来了非常"现实"的影响。许立志、余秀华、郭金牛、老井等这些"草根诗人"的诗歌写作为我们重新思考诗人与时代的关系提供了新的观察入口和美学路径。值得注意的是这些工人诗人都不是一般意义上的"专业诗人"，而是来自于底层和生产一线的"草根"。这体现了诗歌的大众化和写作

泛化趋向。这一自发的写作状态和现象一定程度上体现了当下人民
大众抒发时代精神和现实观照的潮流，不仅是"为人民抒写""为
人民抒情""为人民抒怀"，而且更重要的是真正做到了"人民抒
写""人民抒情""人民抒怀"。对于身处底层的工人诗人来说，他
们不像其他诗人那样奔赴现实，而是直接身处现实之中。他们的
写作是直接来自于自身的生命体验，直接以诗歌和生命体验进行对
话，真诚质朴有痛感，是写实写真的具体而感人的"命运之诗"，
展示了艺术最原初的鲜活形态。这一文学经验不仅关乎个人冷暖和
阶层状态，而且与整个时代精神直接呼应。这些诗朴实、深沉，直
接与生命和现实体验对话，具有打动人心的情感力量和现实主义的
风格。但是，"草根诗人"写作也有尤其明显的局限性，比如对现
实和自我的认识深度不够，在处理现实题材和个体经验的时候没较
好地完成从"日常现实"到"诗歌现实"的转换、过滤和提升。其
中的写作有浮泛、狭窄、单一和道德化倾向，缺乏美学上的创造
力，社会学意义大于文学意义。与此同时，人们在谈论这些"草根
诗人"时又不可避免地与阶层身份、社会道德、公平正义、悲悯同
情、身份焦虑、生存命运等"社会学"关键词缠绕在一起。甚至有
论者提出要重启"阶级诗学"，而认为"工人诗歌"是被空前遮蔽
的最具进步性和时代意义的写作代表的说法显然有失偏颇而值得商
榷。对以草根诗人、工人诗人为代表的"非专业写作"的讨论至今
仍方兴未艾，而诗歌的点赞、转发和刷屏更多则是依赖于诗人的社
会焦点、热点。围绕着余秀华等"草根诗人"所生发的各种观点、
立场不仅显示了移动自媒体时代诗歌在生产、传播、接受和评价等
方面的新变，而且也揭示了不同阶层的人通过这些来自社会底层、
基层的诗人所显现的对社会和人生的不同理解。诗人的社会身份被
强调甚至放大的过程中体现了公众媒体和读者群什么样的阅读心态
和评判标准呢？在自媒体阅读、大众阅读和媒体人那里争相关注的

并不是草根诗歌本身，而更多是这些诗人身份、苦难命运以及底层的生存现状和社会问题。实际上这也没错，为什么诗歌不能写作苦难？为什么草根阶层不能用文学为自己命运代言？"草根诗人"重建了诗歌与生活的有效关系，修复了诗人的"社会发声"能力，同时应进一步辨析"草根诗人"背后的写作机制、文化环境，尤其是些媒体批评过于强化和放大了"草根诗人"的阶层身份、社会属性和伦理道德感。草根诗人现象所引发的问题和值得深入反思的地方很多。如何维护诗歌和诗人的尊严，如何正确引导而不是沦为娱乐、狂欢和消费的事件，已经成为当下中国文学新生态中亟待解决和正确引导的迫切话题。无论哪个时代，不管出现多么轰轰烈烈的诗歌运动、诗歌事件和大张旗鼓的诗歌活动，最终留下来的只有诗歌文本。

诗歌的传播与生产从来没有像今天这样迅捷，而诗歌到底给普通受众带来了什么样的影响呢？这种影响到了何种程度呢？这种影响与雷蒙德·卡佛笔下所描画的诗歌"日常交流"是什么样的关系呢——"他在给她念里尔克，一个他崇拜的诗人的诗，她却枕着他的枕头睡着了。他喜欢大声朗诵，念得非常好——声音饱满自信，时而低沉忧郁，时而高昂激越。除了伸手去床头柜上取烟时停顿一下外，他的眼睛一刻也没有离开诗集。这个浑厚的声音把她送进了梦乡，那里有从围着城墙的城市驶出的大篷车和穿袍子的蓄须男子。她听了几分钟，就闭上眼睛睡着了。"（《学生的妻子》）

是的，我们必须注意到"大众"自媒体和公共媒体更多的时候所关注的不是诗歌自身的成色和艺术水准，即使关注也是侧重那些有热点和新闻点的诗，而更多是将之视为一场能引起人们争相目睹的社会事件。"媒体报道"对"诗歌现实"也构成一种虚构。时下微信等平台对诗人的"形象塑造"是值得进一步甄别与反思的。最终，人们谈论诗歌的时候，很多情况下关注的并非诗歌本身，而往

往是被缠绕和吸附于诗歌之上的"非诗歌"的东西所影响和遮蔽并进而妨害和扭曲了诗歌形象，也就是往往是在伦理学、道德感和社会学等"外围"层面谈论诗歌活动、诗歌现象和热点的诗人事件。"我们在谈论诗歌的时候到底在谈论什么"不只是当年雷蒙德·卡佛的不满，也是今天我们真正意义上的"读者""诗人"和"批评家"的不满。

拟象的欢娱：影视空间与诗歌生态

诗歌与诗人在任何时代都能生存，只是围绕着诗歌我们看到和听见了各种障人耳目的声音和非诗力量的困扰。优异的诗人在任何情境下都在写作，无论是政治年代流放的风雪之路上，还是在滚滚物欲大潮的城市大道上。然而我们也不能不正视这样一个事实：当下的诗歌写作确实在一定程度上受到了诸多挑战。正当道的文艺小清新和屌丝们是不会和不屑于读诗的。

一

人们一直认为当下的诗歌是无力和无能的，诗人的精神世界也是虚弱苍白的。甚至人们一直拿青春早逝的诗人海子说事儿。当海子在黄昏走入昌平小县城一个乌烟瘴气的小酒馆，面对着食客们怪异的眼光，海子向老板提出以向大家朗诵诗歌来换取啤酒喝。那个理想年代尾声里所有的嘲讽和不屑都在那一刻泼向了这个并不坚强的青年诗人。

海子绝对不会想到多年之后他的诗歌不仅红遍整个中国，而且各种舞台甚至楼盘广告上到处都是他的身影。当我 2012 年 8 月在

萤火时代的闪电

青海德令哈听到关于海子的电影正在筹备的消息时，我看着游船上海子的侄子查锐的身影不知是该庆幸还是不幸。而在网络游戏、电玩、虚拟世界和浅阅读、轻阅读的读屏时代人们似乎一直都延续和加深着一个惯常的刻板印象——诗歌已经离我们远去了。但是，我们似乎被什么东西给集体蒙蔽了，诗歌似乎一直是以被"涮"、被"搞"和被大众"戏拟"和寻开心的方式在公共世界里传播和误解。

看看这个时代是什么在为诗人和诗歌抹了一层层的油彩，是谁将小丑的衣服套在诗人身上？

在此，我想提请注意的是诗歌和影视的关系。或者说影视作为一种在中国强有力的经济和娱乐手段如何与纯文学意义上的诗歌发生着摩擦、龃龉甚至谋和。而影视作为一种不可替代的拟象和娱乐方式在塑造诗人故事的时候我们是否和诗人一起成了被消费和窥视的对象？即使在国外境遇也是大同小异，《死亡诗社》也不能不是黑色的。当聂鲁达、徐志摩、林徽因、顾城、海子出现在各大城市的公共空间的时候，他们已经不再是纯粹意义上的诗歌存在和精神存在。目前，一项"诗电影"计划已经在国内启动，而其中第一个要拍的诗人就是海子。

无可否认的事实是自从电影产生以来就以其直感方式和画面、音乐的冲击吸引着观众，其中也包括知识分子阶层。如在 20 世纪二三十年代，无论是鲁迅、田汉、洪深、夏衍、徐迟还是张爱玲、叶灵凤、刘呐鸥、穆时英、张若谷等居住在上海的作家无不深爱着电影，甚至对那个特殊的光影世界趋之若鹜。电影的影响是巨大的，在张爱玲看来电影院就是"最大众化的王宫"（《多少恨》）。正如丹尼尔·贝尔所说的，"目前居统治地位的是视觉观念。声音和形象，尤其是后者，组织了美学，统率了观众。在一个大众社会里，这几乎是不可避免的。"（《资本主义文化矛盾》）

确实，随着读图、读屏时代的到来，影视文化在社会文化场域中扮演着越来越重要的角色。随着 1990 年代后期以来中国社会现代化和城市化进程的加速，文化和文学语境的剧烈转换以及大规模的大众文化、消费文化、影视文化的迅猛发展和娱乐精神的全面张扬，诗歌的生态正在发生剧烈转换。例如 1990 年代以来，很多研究文章和各种媒体报刊（包括大量的通俗读物，如《读者》《知音》《译林》《大众电影》《世界电影》《视野》等）都不断强调拉美著名诗人、诺贝尔文学奖获得者聂鲁达的情爱世界和私人生活。1995 年上映的具有世界性影响的意大利电影《邮差》（又译作《事先公开的求爱事件》）以及智利和西班牙合拍的纪录片《聂鲁达在瓦尔帕拉伊索》都使智利诗人聂鲁达变得举世皆知，也再次在中国掀起了聂鲁达热潮。而随着国内电视剧《似水年华》、中央电视台制作的《极地跨越》等影视作品的影响以及网络等多元媒介的迅速发展，研究者和读者所关注的已经不再是聂鲁达的政治抒情诗，也不只是爱情诗篇，而是更为关注聂鲁达多变的婚姻、恋情以及其传奇性的一生。当聂鲁达的私人生活最终成为公众视野中的镜头以及噱头和卖点的时候，这不能不是一个诗人生前所没有预料到的悲哀。《邮差》这部电影曾获西班牙韦尔瓦"哥伦布金奖"并荣获 1996 年美国奥斯卡金像奖最佳剧情片音乐奖，这更有力地推动了对聂鲁达在世界范围内的传播。尽管在这部著名的意大利电影《邮差》中，遭放逐的诗人聂鲁达并非故事的一号主人公，但是一些重要的关于聂鲁达和妻子马蒂尔德的情节以及大海边山顶上的那栋小房子以及小唱机的缠绵而苍凉的音乐，窗外的海风、海浪都给观众留下了极其深刻的印象。聂鲁达在墨西哥流亡期间与智利歌手马蒂尔德重逢并瞒着妻子开始了长达六年之久的秘密恋情，这也是电影《邮差》的故事背景。而无论是小说《聂鲁达的邮递员》还是电影《邮差》，马里奥·赫梅内斯都是一个爱情和欲望的幻想家和践行者，而小说和电影也都是以爱情为核心展开叙事。马里奥是一个带有一定"病

态"的形象,他整日"做着大胆的爱情美梦","在甜美的梦呓中觅
爱寻欢",最爱看爱情电影,对大嘴的性感女郎"心驰神往",到
旧杂志书店里抚摸他喜欢的女演员们的照片。酒吧里穿着紧身衬衫
裹着胸部和躯体的打台球的姑娘——比阿特丽斯,都让马里奥如此
沉迷——"她那栗色卷曲的头发被微风吹得有些凌乱,像樱桃一样
圆溜溜的棕色眼睛流露出几分忧郁而又充满着自信,胸部'别有用
心'地被小两号的运动衫紧紧地'压迫'着,两只乳房虽遮盖严实,
但仍有几分不安分,那腰肢能诱人搂着她大跳起探戈舞来,直跳得
把黎明送走、酒全喝光。就在姑娘离开柜台,走在厅上地板的一瞬
间,支撑着的各个姣好的部位就显露了出来:在姑娘娇小的腰肢
下,双臀扭动袅娜多姿,身着一条别有韵味的迷你裙,使得那修长
的大腿格外引人注目,从大腿到古铜色皮肤的膝盖部,像一段慢板
舞蹈一样直至那赤裸的双脚"(安东尼奥·斯卡尔梅达:《聂鲁达的
邮递员》)。值得注意的是,当年英文版的《邮差》电影海报相当煽
情并充满欲望的暗示——画面是一个手拿信件的男人和一个裸露胸
部的性感女人。这显然是在宣扬这是一部伟大的浪漫爱情剧作。好
莱坞唱片公司出版的电影原声带还特别制作了聂鲁达的十四首诗作
朗诵专辑,著名的好莱坞影星和歌星如麦当娜、朱莉娅·罗伯茨、
安迪·加西亚、拉尔夫·费因斯等这些"聂鲁达迷"来朗诵。这显
然已经不是纯粹的文学宣传而是好莱坞式的商业运作了。在由黄
磊、刘若英、李心洁等演员出演并热播的电视剧《似水年华》中,
黄磊扮演的男主角在故事的结尾就朗诵了聂鲁达的诗歌名篇——
"当华美的叶片落尽/生命的脉络才历历可见/是不是,我们的爱
情也要到霜染/时光逝去时/才能像北方冬天的质感一般/清晰 勇
敢 坚强"。很多的中国读者和观众就是在这部电视剧《似水年华》
中进一步认识和了解聂鲁达的,而这也能够反观影视文化在诗人形
象的接受与传播过程中的重要作用。由此,《邮差》中聂鲁达的情

感生活和不无浪漫的生活场景使得中国的观众、读者甚至是专业研究者不再只是在聂鲁达的诗歌和文学世界中徜徉，而是深入到了聂鲁达的爱情、婚姻、传奇故事的世界中。这在中国的诗人徐志摩和顾城那里有着和聂鲁达一样的命运。而顾城死后没多久香港导演拍摄的电影《顾城别恋》因为是"三级片"（里面有全裸和性爱镜头）而至今在大陆仍难以公映。换言之，我们通过影视所塑造的徐志摩和顾城的形象更多是世俗化的、情欲化和消费化的。

二

影视怎么能和诗歌发生关系呢？

这也许是人们的第一反应和不解。

作为大众传媒的重要方式电影无疑更大程度上具有娱乐化、消费化、欲望化特征。而诗歌则在众多的文艺形式上更大程度上给人形成了个人化、小众化和精英性的刻板印象。电影这种越来越商业化和取悦大众和票房的消费手段和越来越走向"个人"的诗歌写作到底存在着怎样的关联呢？影视是否作为重要现代媒介和公共空间使得连诗歌这样更为自足的文体也形成了审美的日常化？诗歌是否也要主动或被动地参与票房、收视率、点击率的商业法则？诗歌是否也要在消费时代的公共场域中受制于市场逻辑并取悦大众的审美趣味？

电影《死亡诗社》中的基丁老师和诗歌、诗社的尴尬关系实则也显现出诗歌作为纯粹的文学形式和大众化、消费化的电影媒介之间的龃龉和冲突。而就中国 1990 年代以来的事实来看，电影和诗歌确实发生着不同寻常的耐人寻味的关系。实际上还不只电影，电视以及网络等新媒介作为大众化和娱乐化的手段都与诗歌发生着密切关系。电视等媒介作为一种重要的叙事方式显然丰富甚至已经

改变了我们的生活。事件和生活被不断地以政治或娱乐的方式媒介化，甚至诗歌也不例外。

在2010年的夏天，在香港街头的一个咖啡馆里我在喝着没有加糖的咖啡，我承认是窗外的雨让我在这里停留的时间更长一些。正在消磨时光中，服务生打开了店内的电视。当一个电视美女主播突然在征婚节目中用粤语（白话）朗诵起海子的《面朝大海，春暖花开》的时候，我真的有些恍惚失措。如果说这个主持人自己喜欢或厌恶诗歌都没有什么关系，这是她的权利。但是当她在公共平台触及诗歌的时候，这就成了必须面对的社会问题。那个征婚节目似乎因为那首诗歌而使场面变得沸腾。在这场仍在持续的雨和狂欢的征婚节目中，我第一次觉得我们并没有了解诗歌在当下人民大众心中的位置，或者说诗歌写作以及诗歌生态遭受到了怎样"天鹅绒"一般的温柔扼杀和悄然到来的挑战。我想尼尔·波兹曼对"娱乐至死"的忧虑并不是一种夸张的话语姿态，"电视为电报和摄影术提供了最有力的表现形式，把图像和瞬息时刻的结合发挥到了危险的完美境界，而且进入了千家万户"（《娱乐至死》）。

2010年的冬天，这种诗歌作为特殊的文化产品在大众中"上演"的方式仍在继续。在赵本山出动赵家班人马打造贺岁喜剧《大笑江湖》时我并没有期待它能够给我的生活带来什么，但是电影中突然出现的一个场面让人大跌眼镜。台湾的主持人吴宗宪扮演被打落悬崖而多年被困仍然在走火入魔中大练神功的大侠。我看到在昏暗的谷底丛林里这位大侠在掌力惊人的神功中用四川话朗诵着海子的诗，居然是那首——《面朝大海，春暖花开》。此后，在电影《西风烈》中我又"荣幸"地接受了另一个方言版本的《面朝大海，春暖花开》。这让我不断追问的是，人们都似乎认为诗歌在这个时代已经发挥不了什么作用，大众也远离了诗歌。但是，为什么电视、电影这样的大众化的公共空间却在不断地以特殊的方式传播和影响着诗歌？

我们对海子成为今天文化界和公共空间中被热烈追捧和经典化的对象已经司空见惯，但是海子在中国的经典化和普及性的传播与他特殊的死亡方式和社会环境有着不可忽视的关系。自从 1989 年 3 月 26 日之后，每年的春天都成了一个诗人的节日，这个诗人就是海子。每年 3 月全国各大中小学和各个省份都展开官方的或民间的纪念活动，海子不仅进入了教材和诗歌史，也成了房地产开发商赚得资本的噱头，而且海子的经典化仍在继续。我觉得在当下谈论海子更多的时候成了一种流行的消费行为。而在我看来，海子现象已经成为当代汉语诗歌生态的一个经典化寓言。换言之，就海子的诗歌和命运可以发现中国当代汉语诗歌生态存在的种种问题与弊病。海子在接受和传播过程中被不断概念化和消费化，与此相应诗歌生态开始失衡。而揭开中国当代汉语诗歌生态问题的序幕必须从海子开始，此外的任何诗人都不可能替代海子，因为海子在当下甚至多年前已经成了"回望 80 年代"的一个标志性符号甚至是被人瞻仰的纪念碑。海子的诗集在书店大卖，他的诗歌选入大中小学教材被人捧读的时候，一些人为此弹冠相庆，而我却感到了深深的不适与悲哀。试想，如果海子还活在今天，他可能仍然默默无闻，那些诗人仍然会对他"恶语相向"。在这个意义上，海子恰恰是以极端的方式被这个时代所记住的诗人，尽管无可非议他在诗歌写作上确实是一个天才。就海子的诗歌不断在报纸、刊物、咖啡馆、电影院、朗诵会这些公共空间被继续传播的时候，我们应该进一步追问公共世界面前的"大众"是否需要诗人和诗歌？

而当年"地下"文学的发生以及 1990 年代后期影视话语的兴起显然和不同时期的公共空间有着密切的关联。在新中国成立后随着政治运动和阶级斗争频繁而暴风骤雨般地进行，国家政治文化对日常生活和私人空间的侵占甚至剥夺成为显豁的社会和文化现

象，"新政权的建立，使国家机器的强化达到顶峰，这是 20 世纪现代化国家建构的一个重要过程"。以往农耕文明的缓慢的生活方式和交通方式产生出的相对封闭也相对自足、特征更为明显的地方文化和文学话语方式也随着现代化进程的加剧而逐渐丧失。地方与国家，个人生活与公共空间之间的关系在这一时期似乎形成了一体化的强硬的关系，地方和个人缩减到了最小的程度。这就形成了有"国家"无"地方"，有"公共"无"个人"的事实，但是这种挤破也在特殊时期的特殊条件下形成了地方、个人和国家以及公共生活秩序之间的矛盾和冲突。一些青年人尤其是诗人的叛逆性反拨，从而以诗歌话语的方式形成了弥足珍贵的个人与地方的重新复活与创生。这也是考察 20 世纪六七十年代诗歌的关键所在。众所周知，国家政治话语的极度膨胀和公共空间的极端集体化和国家化必然导致个人生存空间和交流场所的弱化甚至消失。文学社团在当代的消失以及各种丧失了独立性的社会组织正反衬出了国家公共空间话语的强大。只有到了 1970 年代末期随着社会政治语境的艰难转换，个人空间和公共空间才逐渐恢复了真正的个人性、交互性和渐渐敞开的自由性。也正是在此条件下形成了这一时期大量涌现的民间刊物和由"地下"到"地上"的诗歌交往和活动。

就华语电影和诗歌的结合而言，还有两个重要的例子。

一个是吴宇森的《英雄本色Ⅱ》（1987 年），一个是冯小刚的《不见不散》（1998 年）。前者通过周润发扮演的小马哥，在一个流星划过夜空的晚上朗诵了徐志摩的《再别康桥》："轻轻的我走了，正如我轻轻的来；/ 我轻轻的招手，/ 作别西天的云彩。"后者通过葛优扮演的角色刘元（戴着墨镜冒充盲人）在咖啡馆见到李清时双手搭在她的肩上以非常搞笑的口吻演绎了顾城的代表作《一代人》（"黑夜给了我黑色的眼睛 / 我却用它寻找光明"）。

李清：What happened？

刘元：谁啊谁啊谁啊这是？

刘元：是李清，你还是来了！

李清：你怎么了，你看不见吗？看不见李清了吗？

刘元：不，我看得见。黑夜给了我黑色的眼睛，我看见，你望着我。你像玻璃杯里的冰块一样透明。

既然电影中出现诗歌的桥段并非孤立的个案，而是早在八九十年代以来就成了一种现象，那么我们就应该予以注意和思考。电影作为一种文化产业和娱乐商品，电视作为一种更为常见的娱乐平台，从导演、编剧、演员、主持人、编导和制片人、投资方和发行方既然能够在一定程度上允许诗歌进入电影和公共空间，这就说明诗歌在大众心目中是有一定的空间和位置的。绝对不像一些诗人和研究者们仍在坚持认为的 1989 年海子死亡之后中国的诗歌已经衰落了，理想的黄金年代已经结束了。当然，海子以及当代诗歌在公共空间一定程度上成了娱乐化的对象。而人们似乎对此乐此不疲，在公共娱乐空间里诗人和诗歌仍以这种特殊的方式在上演。

三

值得注意的是 1990 年代以来关于作家的传记大量涌现，而作者和读者更为看重的不是这些作家的文学成就，而是这些作家纷繁错乱的生活履历和传奇性的一生（包括一些作家的非正常死亡事件），而这无疑满足了商业时代的大众接受期待。

以著名的朦胧诗人顾城为例，在 1993 年之前，人们更为关注他的"童话诗人"形象，而当 1993 年 10 月 18 日顾城在激流岛杀妻自缢之后，读者更为关注诗人的性格畸变、爱情、婚姻和多角恋

的传奇性故事。这也是为什么顾城、雷米合写的自传性小说《英儿》在当时畅销的原因了。猎奇、窥私欲望成为 1990 年代后期以来的一个典型的阅读心理,这一时期也出现了大量热销的关于个人隐私、婚外恋的书籍。在影视的视觉文化和文化产品构成的公共空间和话语场域内,尽管参与主体和参与方式具有交互性、自主性和开放性,但是这种自主性和开放性更大程度上受制于消费和娱乐的法则。而电影院则提供了营造一个截然不同的全新的公共空间的可能性,一个弥合高雅文化和消费主义之间沟壑的机会。影视公共空间与诗歌的结合是否预示着诗歌生态和文化语境发生了不小的变化?而这进而又对当下的诗歌生态产生了怎样的影响?

1993 年的顾城事件迅速作为公共话题在内地以及华人范围内传播。顾城事件此后曾长时期占据新闻报刊的显豁位置,甚至有导演将顾城事件拍成了电影,名为《顾城别恋》。此片尽管只在港台放映但是影响巨大并且参加了多伦多国际电影节。在当年的电影宣传海报上大肆渲染了顾城作为诗人的特殊性,然而这已经成了消费时代的噱头,成为公共空间的招牌。画面的上方是秋日的草原,顾城赤身趴在草地上(当然他的标志性帽子仍然戴在头上),眼含憧憬地望着远方。而"英儿"则全身赤裸、双手搭在胸前,双目微闭而有些心事地躺靠在顾城身上。画面的下方同样是在漫无边际的草地,诗人独自一人在前行。不远处就是幽深的峡谷,还有一棵诗人最终在上面上吊自杀的树。电影海报还配有顾城的诗《我是一个任性的孩子》:"我是一个孩子 / 一个被幻想妈妈宠坏的孩子 / 我任性"。当年的出版商争相抢夺顾城遗作长篇小说《英儿》的版权,甚至街头巷尾出现大量的盗版,这都加速了顾城和死亡事件的公众化和消费化。在顾城事件发生不到一个月的时间,北京的华艺出版社就以难以想象的速度出版了《英儿》(珍藏全本)。该书黑色的书封上是一个被遮住头部双手持一树枝的裸女。在公共空间的交互和消费中，顾城的个人生活和隐秘的情感空间被文字和摄像机公开。那些满怀惊奇和窥私欲望的大众得以通过这种特殊的方式走入了顾城远在异国荒凉小岛上的住所，走进了诗人的书房甚至卧室。窥视的欲望在顾城事件之后的影视作品和出版物中得到了满足。众所周知后来公开出版的《英儿》尽管标明是小说，其中也有诗人天马行空的想象和虚构，但是综合来看这更接近于诗人的自传。其中很多场景、事件、人物都是与现实高度吻合的，这一切都是具有极强的私人的日记性特征。《英儿》这本小说几乎成了《顾城别恋》这部电影的蓝本，比如《英儿》中描写的顾城和英儿之间的交往以及"婚外情"在后来的电影《顾城别恋》中就被以重头戏的方式呈现出来。小说的描述已经足够吸引读者的窥视欲望和探奇心理了，更何况再通过画面和声音的方式进入影院和家庭私人影碟机，"英儿不知道该做什么。一个新的地方，窗下放着卵石，大陶瓶里插着干了的花。我在自己缓缓升起的欲望中，轻轻把她抱住。她顺从地退在沙发上，在一个新的地方，总会有一种新的感觉。我替她解开衣服，她平声说：一会雷就回来了，还是里边去吧"，"她洗完澡就坐在床边，我看她自己脱去淡紫的浴衣，然后把手伸给我。我抚摸她洁净光柔的皮肤，她的乳房，心里忽然的有种感动，一种幽深而平常的感动。我和她在一起了，接着逐渐的快乐起来。我们彼此感觉着对方的身体，我才知道她有怎样的悸动，她的快乐是怎样的。我从小盒子里拿出避孕套。她轻声问我：你戴上吗。我忙了一会儿，不好意思地承认，我没怎么用过它。她就笑了，'连这个都不会'"（《英儿》）。文字出版物和影视的介入就使得公共空间内的大众直接介入到了个体的私人空间，私人空间被公共空间的各种话语力量所利用和侵染。

2010年底上映的《非诚勿扰2》又以诗歌的方式博得了眼球，成为经济时代的焦点。当人们在影院的大灯打开后即将走出影院的

时候，他们在走入现实世界的街头和超市的时候谈论最多的是电影中的那首诗和片尾曲。诗歌又一次在公共空间里被人们广泛谈论，而这里面不能不存在一个悖论。大量的经济力量和文化资本介入诗歌刊物和活动，尤其是博客空间给诗歌写作、发表和传播带来的空前快捷实际上却并没有给诗歌带来真正的繁荣。我们可以从精英的立场指认诗歌是献给无限的少数人的事业，但是应该注意的倒是公共世界和诗歌传播的关系。为什么当诗歌进入电视、电影和时尚消费类的杂志的时候，那些大众却印象深刻地接受了相关的诗歌和诗人？这是一种正常的现象，还是被扭曲和消费的娱乐法则的荒诞剧？我认为在电影在诗歌传播过程中起到了一定积极的作用，在画面、音乐更为直观的方式中一般意义上的阅读性的诗歌通过可视可听性更容易为受众接受。在《非诚勿扰2》上映期间，某研究机构在观众中做了调查问卷。在被问及这部电影中印象最深评价最高的段落时，100%的观众给出的答案是川川给父亲朗诵的诗《见与不见》，而90%以上的观众对电影的片尾曲《最好不相见》给予了高度肯定。而无论是《见与不见》，还是《最好不相见》都再一次印证了公共空间所形成的公众舆论以及诗歌自身的某种不可替代的力量。在李香山的"人生告别会"上，在鲜花丛中，年幼文静的女孩川川双臂抱拢爸爸——面容憔悴的李香山的臂膀，将头倚在爸爸肩上朗诵了诗歌《见与不见》："你见，或者不见我／我就在这里／不悲不喜／／你念，或者不念我／情就在那里／不来不去／／你爱，或者不爱我／爱就在那里／不增不减／／你跟，或者不跟我／我的手就在你手里／不舍不弃／／来我的怀里／或者／让我住进你的心里／默然相爱／寂静 欢喜"。

　　就是这样，诗歌以"临终关怀"的特殊方式在公共空间里获得了出人意料的认可。而值得注意的是《非诚勿扰2》通过电影手段将一个诗人拉进了大众的视野，这就是六世达赖喇嘛仓央嘉措

（1683 —？）。但是电影中川川朗诵的《见与不见》并不是出自仓央嘉措，而是出自另一个"70后"女诗人扎西拉姆·多多（谈笑靖）的诗——《班扎古鲁白玛的沉默》。她在电影《非诚勿扰2》播映后不久出版诗歌随笔集《当你途径我的盛放》。仓央嘉措流传下来的情诗有70首左右，而与《非诚勿扰2》片尾曲《最好不相见》（栾树作曲，仓央嘉措作词，李漠演唱）相似的诗句是："但曾相见便相知，相见何如不见时。安得与君相决绝，免教生死作相思。"而电影片尾曲的歌词实际是一个网名为"白衣悠蓝"的人在仓央嘉措的诗句上续写了后面的部分，称为《十诫诗》。而在一个"维基"的网络"造句"时代，很多热词就是以这种更为大众、更为通俗和更为便捷的方式被制造。而《见与不见》就是因为热门电影以及其所触及了大众现实心理而成了被戏拟和复制的对象。在此层面，诗歌不折不扣成了被戏仿甚至恶搞的目标，尽管这些戏仿者的初衷可能更为复杂。在戏仿《见与不见》的众多版本中最有影响力，或者借用网络热词最"给力"的是"超级堵车"版、"减肥"版和"人生如梦"版。请看"人生如梦"版："你买，或者不买房，／房子就在那里，不来不去；／你急，或者不急，／房价就在那里，时缓时急；／你拼，或者不打拼，／青春就在那里，时晴时雨；／你啃，或者不啃老，／父母就在那里，日渐老去；／人生如梦，或者，让梦如人生／神马豪言／奋斗 浮云。"这些掺杂了各种话语企图的版本通过借住电影的强势影响在中央电视台等权威媒体以及网络媒体上广泛传播。而这些众多的寄生性版本之所以能够在坊间迅速传播并引起共鸣，其根源就在于这些仿制性的甚至不乏拙劣的文本触动到了当下社会的最引人注目的现象和焦点问题以及具有代表性的大众甚至"草根"和"屌丝"们的心理。而这些文本的受追捧的程度显然应该得力于电影这种特殊的公共空间的力量。

由海子、顾城和仓央嘉措，我们看到了电影作为公共空间和娱

乐手段在诗歌的特殊传播过程中起到了令人意外的效果。而那些网友和民众仿制的诗作也不能不是一种时代心态的集体性表达。真正的诗歌仍需要被我们认知，诗歌写作既要面向内心，也应该让大众来倾听诗歌的心跳。诗歌不管是以传统的方式，还是通过影视等更为社会化的公共空间来传播，有一点是不变的，即优秀的甚至伟大的诗歌永远都不可能被改写。

当文章快写完的时候，霍建起导演的文艺片《萧红》已经开始在国内院线上映。

这到底是一场拟象的欢娱，还是我们一度低估了影视传媒在文学生态中不可替代的价值？

新世纪诗歌的现实感与地方性

新世纪以降尤其是近年来诗歌界乃至文学界讨论最多的就是"现实",如何讲述和抒写"中国故事"已然成为写作者共同的命题。在新媒体的助推下无比阔大和新奇的现实以及追踪现实的热情正在成为当下汉语诗歌的重要事实。

而对于新世纪诗歌与现实关系的判断,目前已经出现了两种不同的声音。一种声音认为诗歌看似空前繁荣活动众多,但实际上已经远离了时代和大众;另一种声音则认为当下诗歌与现实的关系从未像今天这样紧密和胶着。与这种显豁的现实感相应的则是城市化对乡土经验的前所未有的冲击。

那么,在一个新媒体和自媒体全面敞开的时代,在一个新闻化的焦点话题时代,在全面城市化的去除"乡土性"的时代,何以"现实"与"地方"重新成为写作者最为关注的话题?为什么写作与现实生活之间的关系如此密切而又难解?诗人在处理当下现实和城市时代地方性境遇的时候该如何有效地发声与有力回应?这种发声和回应是否遇到了来自于文学和社会学的双重挑战?

一

一条狗依偎在主人的脚边，它抬着头

望着繁忙的交易区，偶尔，伸出

长长的舌头，舔一下主人的裤管

主人也用手抚摸着它的头

仿佛在为远行的孩子理顺衣领

可是，这温暖的场景并没有持续多久

主人将它的头揽进怀里

一张长长的刀叶就送进了

它的脖子。它叫着，脖子上

像系上了一条红领巾，迅速地

窜到了店铺旁的柴堆里……

主人向它招了招手，它又爬了回来

继续依偎在主人的脚边，身体

有些抖。主人又摸了摸它的头

仿佛为受伤的孩子，清洗疤痕

但是，这也是一瞬而逝的温情

主人的刀，再一次戳进了它的脖子

……

——雷平阳《杀狗的过程》

这是一个精神寓言，也是惨厉的现实和文化渊薮。雷平阳的
《杀狗的过程》已经成为他的代表作之一，也是汉语新诗的经典之
作。谢冕老师曾很多次对我说"雷平阳这首诗写得好，可是每次
我都没有读完，因为实在不忍读下去"。确实，很多读者都有这种

"不忍"之心。可惜，残酷的现实和人性以及历史并不会因为你的"不忍"而有丝毫减退。所以，任何人都必须面对那些难以接受的文字以及背后无底深渊一样的现实以及历史。

这首诗很容易被解读为对人性残忍的批判。甚至在很多专业阅读者那里认为这首诗通过极其真实残酷的细节完成了超微镜头般的日常叙事。换言之，很多人在这首诗反复拉抻的残酷细节中指认这首诗是现实之诗。你看这首诗有那么多细节纹理啊！比如具体到不能再具体的时间、地点、杀狗的淋漓过程。换言之，这首诗很容易被认为是非虚构，超级真实。

也许，这种解读没有错。

说其是米沃什那样的"见证之诗"也没有错。

但问题的关键却是忽略了诗人的综合能力。这仍然是一首想象之诗，诗人既"在场"又予以适度的超拔。需要进一步追问的是，谁是那个冷酷的"主人"，谁又是那条被反复杀戮又如此对主人忠诚的"狗"？

《杀狗的过程》之所以在普通读者的阅读中能够成为过目不忘甚至不忍卒读之作，这不仅在于人性的狰狞超出了你的想象，狗的无辜、善良和忠贞超出了你的想象，而且还在于这首诗在此之外提出的重要性疑问。看到那个比喻或者隐喻了吗——"脖子上 / 像系上了一条红领巾"。这刺目不仅来自于场面，而且来自于语言背后的权力和历史话语构成的强大势能。

这又回到了雷平阳诗歌的重要性和启示性的问题。

雷平阳的诗歌写作在不断印证着一个不断重临的时代话题，同时这也是一个时代诗人所必须面对的难题。换言之，我们都在谈论诗歌与时代、现实的关联，而我们却时刻在漠视这些日常生活的真实景观与诗歌镜像之间的转化关系。

这就是"自戕的挖掘"，也是一次次噤声的过程。噤声和震悚

处必须有人以身饲虎。诗也未尝不是如此。

当下诗人热衷于带给我们的是细小、个体的日常现实，尽管这一切都生发于日常生活流之中，可是它们却呈现了并不轻松的一面。当下很多已经日益成熟的诗人已经一次次在生活的现场制造了一个个精神生活的寓言。我们需要剥开日常的多层表皮才能与内核和真相相遇。这可能正是诗人们需要做的——文本中的现实。

"怎样才能站在生活的面前？"这句疑问正在强烈地敲打每个写作者的内心。

实际上，"历史病"有时候就是"现实病"。

当公共生活不断强行进入到个体的现实生活甚至诗歌写作的精神生活当中的时候，应该正视无论是一个政治极权的时代还是紧张而又涣散的城市化时代，我们的精神生活都远没有那么轻松。那么，我们如何站在生活的面前？

我在当下很多诗人的文本世界中不断与那些密集的灰色人流相遇，与一个个近乎废弃的落寞的村庄相遇，与一个个大大小小的城市相遇，与一个个车站和一条条交错的道路相遇，与一个个斑驳的内心暗疾或者精神幻象相遇。也许，诗歌从来没有像今天这样成为对照生活的一部分。盘妙彬曾经在一本诗集中说"现实不在这里，不在那里"。那么，对于诗人而言，"现实"在哪里呢？

而近年来文学界讨论最多的就是"现实""生活"和"时代"。如何讲述和抒写"中国故事"已然成为汉语写作者共同的命题。而当下对于诗歌与现实的判断，已经出现了两种甚至更多的声音。一种声音认为诗歌看似空前繁荣，活动众多，但实际上诗歌已经远离了时代和大众；另一种声音则认为当下诗歌与现实的关系空前紧密和胶着，诗人和时代的关系似乎从来没有像今天这样密不可分。为什么在诗歌写作越来越自由和开阔的今天，我们必须重提"生活""现实"和"时代"这些老旧的字眼？而问题正在于在写作越来越个人、多元和自由的今天，写作的难度正在空前增加。甚至当写作者表达对生活和现实理解的时候竟然出现了那么多经验和修辞都空前同质化的文本。这是怎么造成的？生活与想象和写作之间在当下的城市境遇下到底存在着怎样的复杂关联？

那些处理日常生活和公共生活的诗歌，其中不乏长久打动我的优秀文本，当然也不可避免地存在着个性特征不明显、类型化、肤浅化、同质化的问题。由此，在诗歌数量不断激增的情势下做一个有"方向感"和精神难度的可辨识的诗人就显得愈益重要，也愈加艰难。尤其是在大数据共享和"泛现实"写作的情势下个人经验正在被集约化的整体经验所取消。当下诗坛仍然非常耐人寻味！当我在一个个清晨和深夜翻开那些诗集、刊物、报纸以及点开博客、微博、微信的时候，那一首首诗不仅没有让我看清这个时代诗人的个性，反倒是更加模糊。在自媒体平台上成倍增长的青年写作群体不仅对诗歌的认识千差万别，而且他们对自己诗歌水准的认知和判断更耐人寻味。这些诗人（尤其是年轻诗人）好像是被集体复制出来的一样。与此同时，很多成名的大腕诗人正在国际化的诗歌道路上摇旗呐喊。可看看他们的诗，他们仍然是翻译体写作的二道贩子。而很多诗人也欣欣然于毫无创见和发现的旅游见闻写作，他们正兴奋无比地给那些山寨、仿古的景观贴上小广告。还有一部分诗人更为恶劣，他们对诗坛不断恶语相向。看似义正词严的面具却掩盖了他们的私心、恶念和猬獕的嘴脸。

2015年夏天的一个阳光炽烈的下午，我和沈浩波躺在台湾海峡北海岸一块巨大的岩石上。

岩石是温热的，海水在身边拍打、冲涌，这一时刻刚好适合来安睡。年轻的冯娜坐在礁石的一角，她给我们的是穿着淡绿花裙子的后背。不远处，一只白色的水鸟站立在大海的一根漂木上，漂来荡去如神祇安排在这个下午的一个小小雕塑。仰望着天空，沈浩波

对我说，以前写过一句诗写的就是这片海岸——"连大海的怒涛都
是温柔的回眸"。而差不多是在五年前，"话痨"胡续冬在淡金公路
上也写下了这片北海岸，"转眼间的盘桓／转眼间的风和雾／转眼间，
旧事如礁石／在浪头下变脸／／一场急雨终于把东海／送进了车窗，
我搂着它／汹涌的腰身，下车远去的／是一尊尊海边的福德正神"。
而在来台湾之前，我曾经在一张废旧的报纸上写下几个字：海岸聆
风雨，江涛正起时。

这不是一个启蒙的时代，启蒙在当下显得多么虚弱和矫情。这
是屌丝逆袭、阶层分野、乡村拆毁、娱乐泛滥、文化委顿的落寞年
代。也许文字最终必将止于喧哗！图书馆的命运也并不见得比一个
个被迅速拆毁的村庄更幸运，而批评的命运也许更不容乐观。

米沃什就 20 世纪的西方诗人批评过他们缺乏写作的"真实
感"，而到了 21 世纪的今天这仍然是有力的提请。所以，文学没有
进化论，有的只是老调重弹却时时奏效。"诗歌与现实"这一话题
的讨论仍将持续。诗人如何在场而又离场？如何本土而又世界？如
何个人而又担当？显而易见的一个常识是诗歌不能硬性而直接地与
社会生活和公共空间发生关系，而应该保持其独立性和纯粹性。尤
其是新世纪以来的社会现实以及新媒体的发展对写作和评论的"现
实性"提供了新的课题和挑战，写作的现实性成为不可回避的话题。

由诗歌与现实的关系，我认同小说家阎连科关于现实"炸裂"
的说法，"终于到了这一天，现实的荒诞和作家的想象赛跑"。确
实随着新媒体和自媒体的全面放开，言论自由和公民意识的空前觉
醒，曾经铁板一块的社会现实以突然"炸裂"的形式凸现在每一个
人面前。这些新奇、陌生、刺激、吊诡、寓言化、荒诞的"现实"
对那些企图展现"现实主义"愿望的写作者无论是在想象力还是在
写作方式、精神姿态、思想观念上都提出了前所未有的挑战。大众
共享的大数据时代所提供的新闻和社会现实无时不以直播的方式在

第一时间新鲜出炉。每个人面对的都是同一化的新闻热点和社会焦点，每一个人都在一瞬间就通过屏幕了解了千里之外正在发生的事情。这种新闻化的生活方式导致了同一化思维方式，每个人在新闻和现实面前都患上了集体盲从症。新闻化现实自身的戏剧性、不可思议性已经完全超出了写作者对现实理解的极限，现实的新奇也已然超出了写作者的想象能力。由此，我们看到的就是在乡村、城市、城乡接合部、工厂的空间里大量涌现的底层阶层的"痛感"写作以及众多诗人对新闻和现实的"仿真性"写作。如此平庸、肤浅、廉价的现实化写作怎么能够打动他人？与此相应，写作者的现实热望使得近年来的底层写作、打工写作、贱民写作和新乡土写作以"非虚构"的方式成为主流的文学趣味。不可否认，进入新世纪以来"草根诗人"使得诗歌的现实感、人文关怀、及物性都得到了一定程度的提升。这大体印证了米沃什的"见证诗学"。这些"草根"直接以诗歌和生命体验对话，有痛感、真实、具体，是真正意义上的"命运之诗"。对于他们而言现实永远不在诗歌之外，而是本真地作为最直接的血源性的体验。这是一种真诚的不做作不伪饰的写作。在一定程度上这种体验性的写作要比那些隔靴搔痒通过各种媒体渠道以及飞速的交通工具得来的"一吨鹦鹉的废话"（西川）要重要得多，"亲自走在乡间道路上的感受与乘飞机从上面飞过时的感受是不同的"（瓦尔特·本雅明）。对于身处社会底层和基层的诗人而言，他们不是像其他诗人那样欢呼着奔赴现实，而就是身处现实漩涡的搅拌之中。这是及物性的写作，不是假定性的命题。而这一经验不仅关乎个人冷暖，而且与整个时代的精神氛围直接关联。这样的诗歌和相应的读者确实一定程度上与以往的"专业诗歌"和"专业读者"有所区别——"唯一被认作是诗的东西是那些重复过去的诗，也就是说有来历的诗。与它相关的是书本、其他的诗和百科全书里的各种名字。这种诗只属于塞满了历史的头脑，所以它对

没有受过训练去读它的人来说毫无意义"（卡尔·夏皮罗）。当然，这种日常现实写作的热情也伴随着局限和桎梏。这或者正如米沃什所说的诗歌成为时代的"见证"。然而不得不正视的一个诗学问题是，很多写作者在看似赢得了"社会现实"的同时却丧失了文学自身的美学道德和诗学底线。也就是说很多诗人充当了布罗姆所批评的业余的政治家、半吊子社会学家、不胜任的人类学家、平庸的哲学家以及武断的文化史家的角色。换言之，在当下很多现实题材的写作那里社会学僭越了文学，伦理学超越了美学。不久前，著名汉学家葛浩文对中国作家过于依赖现实的批评我倒是很认同。似乎，当下中国的作家对"现实"和讲述"中国故事"投入了空前的热情。中国作家对现实主义的不满与批判，集体患上了现实写作的焦虑症。这无形中形成了一个悖论：在每一个诗人津津乐道于自己离现实如此贴近的时候，我们却发现他们集体缺失了"文学现实感"。

当我们的诗歌中近年来频频出现祖国、时代、现实和人民的时候，我们会形成一个集体性的错觉和幻觉，即诗人和诗歌离现实越来越近了。而事实真是如此吗？显然不是。更多的关涉所谓"现实"的诗歌更多的是仿真器具一样的仿写与套用，诗歌的精神重量已经远远抵不上新媒体时代的一个新闻报道。我们不能不承认在一个寓言化的时代，现实的可能性已经超出了很多作家想象能力的极限。而在此现实和写作情势之下，我们如何能够让写作有更为辽阔的可能？而在一个"非虚构写作"渐益流行的年代，诗歌能够为我们再次发现"现实"和"精神"的新的空间吗？作为一种文本性的"中国现实"，这不能不让我们重新面对当下诗人写作的境遇和困难。也许，诗歌的题材问题很多时候都成了伪问题，但是令人吊诡的却是在中国诗歌（文学）的题材一度成了大是大非的问题。显然，这个大是大非的背后已经不再是简单的文学自身的问题，而是会牵涉到整个时代的历史构造与文学想象。新世纪以降诗歌的题材问题尤其是农村、底层、打工、弱势群体作为一种主导性的道德优势题材已经成为了公共现象。实际上我们也不必对一种写作现象抱着道德化的评判，回到诗歌美学自身，我想追问的是，一首分行的文字当它涉及"中国现实"时作为一种文学和想象化的现实离真正的"现实"到底有多远或者多近。显然在一个分层愈益明显和激化的时代，"中国现实"的分层和差异已经相当显豁，甚至惊讶到超出了每个人对现实的想象能力。在这种情境之下，由诗歌中的"现实性"和"想象性"的精神事实我们可以通过一种特殊化的方式来观察和反观中国现实的历史和当下的诸多关联。然而可笑和可怕的是很多的写作者和批评者们已经丧失了同时关注历史和现实的能力。换言之在他们进化论的论调里历史早已经远离了现实，或者它们早已经死去。

显然，在一个多层次化的"现实"场域中，乡村题材显然无论是在现实还是在写作的虚构和想象中都构成了一个不容置疑的"重要现实"。而当下处理这一"重要现实"的文本不是太少，而是太多了。不仅诗歌在介入，而且小说、散文甚至时下最为流行的"非虚构"文本也在轮番上演着"乡村"叙事。那么我们要进一步追问的是这些众多的相关文本就为写作者们设置了极大的难度。换言之，一首诗歌如何能够与庞杂的类似题材的诗歌文本区别开来？区别的动因和机制以及标准是什么？这显然是一个必须探究的问题，而且非常有必要。在写作现实的热潮中，实际上很多诗人并没有注意到"日常现实"转换为"诗歌现实"的难度，大抵忘记了日常现实和诗歌"现实感"之间的差别。过于明显的题材化、伦理化、道德化和新闻化也使得诗歌的思想深度、想象力和诗意提升能力受到挑战。这不是建立于个体主体性和感受力基础之上的"灵魂的激荡"，而是沦为"记录表皮疼痛的日记"。很多诗人写作现实的时候

缺乏必要的转换、过滤、变形和提升的能力。就新世纪诗歌写作中的"现实感"问题，诗人必须具有发现性，焦点社会现象背后的诸多关联性场域需要进一步用诗歌的方式去理解和拓宽。写作者必须经历双重的现实：经验的现实和文本的现实。也就是说作家们不仅要面对"生活现实"，更要通过建构"文本现实"来提升和超越"生活现实"。而这种由生活现实向精神现实和写作现实转换的难度不仅在于语言、修辞、技艺的难度，而且更在于想象力和精神姿态以及思想性的难度。尤其值得强调的是，对于现实写作往往容易分化为两个极端——愤世嫉俗的批判或大而无当的赞颂。由此我更认可波兰诗人亚当·扎加耶夫斯基对现实的态度——"尝试赞美这残缺的世界"。我们可以确信诗人目睹了这个世界的缺口，也目睹了内心不断扩大的阴影，但是慰藉与绝望同在，赞美与残缺并肩而行。这是一种肯定，也是不断加重的疑问。而对于有着不同生存经验的各阶层而言，"现实"是分层的，"现实"是具有明显的差异性的。而这体现在写作中就最终落实到了对"现实"的差异性理解。当下被各种社会现实、阶层身份和媒体空间所迅速催生的诗人群体已经着实让评论家和专业读者们在空前驳杂的景象中难以置喙。更值得注意的是在自媒体平台上成倍增长的青年写作群体不仅对诗歌的认识千差万别，而且他们对自己诗歌水准的认知和判断更耐人寻味。这种膨胀、沉浸、迷恋和浮夸的自我认识方式不仅在于微博和微信空间毫无意义的点赞和转载，而且还在于他们集体性地降低了诗歌的难度，也空前消解了"诗人"真正的价值。

二

"空间诗学"在西方的文学史上有很多经典论述；中国古代关于诗歌与空间和地理的研究更是一个不小的传统。而说到百年新诗与空间的关系，在不同的时期有不同的话题，比如，新诗在初始阶段更多的是沾染上政治文化运动和地缘政治，深深受到意识形态的影响，尤其是区域政治与诗歌发展之间的不平衡性。

说到当代汉语诗歌在1949到1976年的很长的一段时期里，诗歌的空间性更多表现为同质化的运动性和政治特征，而在美学上的表现则空前贫弱。诗人的阶级、身份和政治觉悟取代了诗人与空间和地方的命名关系。在大一统的政治时代和阶级话语比较强大的年代，诗人和空间之间的互动基本不存在。即使出现新边塞诗人，包括闻捷这些人也到西北地区写出了一些在当时影响比较大的诗歌，但这样的诗歌在今天看来还是有点虚弱的。写作者和空间的关系正如宇文所安所说，不是一个地方造就了一个作家而是一个作家创造了一个地方。是的，空间和地方性是通过文本创作出来的。在这一点上中国古诗做出了最伟大的证明。我们去任何一个地方，首先想到的就是一首相关的诗。换言之在任何深山、大河、丛林和寺庙、楼台面前，站立的永远都是一个伟大的古代诗人。而说到当代的新诗空间，其中心曾一直是北京，不管是政治抒情诗、运动诗和口号诗，还是"文革"时期的知青诗歌和地下诗歌，包括以芒克、北岛为代表的"今天诗人"，基本上都印证了北方诗学和首都写作的强大影响力。1980年代开始的大学生校园诗歌和先锋诗歌运动使得四川、上海、南京等地尤其是西南地区成为诗歌运动的核心地带。也就是在一些诗人看来终于到了"南方诗歌"与以北京为中心的"北方诗歌"的抗衡时期。而在古诗话语谱系中，所谓南方诗歌在中国诗歌史上提出的时间很早且论述颇多，南方诗歌或曰南方诗学被提到了一个很核心的位置，但是令人不解和反思的是却一直没人提到所谓的北方诗学。也就是说，是否有真正意义上的南方诗学和北方诗学呢？如果以一个地理空间为界来界定和谈论诗歌，这是否可以上升到一个诗学的高度，还是说存在着很多问题？这都值得

今天深入探讨。

　　到了当下，随着城市化进程的快速推进，空间和地方所承载的这种文化和诗学的维度不断在削弱并受到前所未有的挑战。曾经的地方性知识在这种高速城市化的时代和交通工具迅疾发展的时代渐渐成了被弃置之物，很多城市空间所呈现出来的同质化东西越来越多。我们去任何一个城市和地方，直接呈现给我们的就是铺天盖地故意煽情的房地产广告。而我们看到的则是每个城市雷同的建筑风格以及相似的生活经验与精神状态。在这样一个去地方化的经验趋同的时代，诗人该如何写作？诗歌写作不光是个人美学和语言学上的成就，它还应该与空间、历史、文化、时代以及现场发生摩擦和对话关系。所以不管是从历史的维度还是从诗学自身来说，诗歌与空间和地理的关系是值得深入谈论的。诗人在某一个空间上不管是日常生活还是精神成长，有一个关键词在中国一直是有禁忌的，这就是身体诗学。当把它还原为地理空间的时候，我们会发现在任何一个地方，人的成长，不管是物理的生长状态还是人与周边环境和历史文化以及习惯的关系，都是融入血液里面去的。也就是人是从地方生长出来的，而诗歌是从身体中生长出来的。简单举例，江南的诗歌与西藏的诗歌有着本质的区别。百年以来的新诗研究者，对诗歌与空间的关系有过一些精辟的论述，但是不多。现在阅读很多杂志包括民族性质的杂志，很多诗人都强调我是什么什么族，但你看他的诗歌跟他的身份、地方性却没有任何关系。当强调诗人身份的时候，特殊的空间，民族性的空间，或者行政性的区域却与诗人身份和写作之间出现了严重脱节。在一个诗人身上我们看不到他背后有那么强大的悠久的历史支持和文化滋养，看不到地理精神征候和相应的诗歌传统。我们此前一直强调的是诗歌的政治化，后来到1980年代以来一直强调的则是诗歌的个人化。这种个人化写作在不断地强化和膨胀自我主体性的同时也会带来另外一些问题。包括80

年代的海子，为什么他在诗歌里面不断地转向高原和西南地区，这就是地方性和理想主义造成的海子这样一个行动性的诗人。我觉得在当下的中国诗歌里面已经看不到所谓任何的神秘性、精神性以及向上的思想，而看到的更多的是日常性和表层化叙述。很多的日常性让我们感受不到任何能震撼我们灵魂的东西，这个时代的写作我觉得诗人的写作姿态变了，变得贫乏而虚弱。诗人不是在"高原"和"远方"写作，而是沉溺在日常经验当中。当写作、发表、评奖、出版变得如此简单而随意，当自媒体时代每个人接受的信息如出一辙，当每个人都在拿手机幻觉享有了整个世界的时候，每个人都变得如此惊人的相像。那么我们如何发现自我的特质，发现这种空间和地带差异性就变得非常艰难了。

当诗人更多地胶着于现实写作的时候，当人们更多地在生存空间为日常生活计较得失的时候，精神的空间与远方正在空前消减。尤其是高速发展全面推进的城市化时代，通过一个个密集而又高速的航线、高铁、城铁、动车、高速公路、国家公路正在消解"地方"的差异性。拆除法则以及"地方"差异性空间的取消都使得没有"远方"的时代正在来临。当年著名的作家诺贝尔文学奖获得者索尔·贝娄说过这样一句话——过去的人死在亲人怀里，现在的人死在高速公路上。这正在成为世界性的事实。当下，无差异的地方性空间使得真正意义上的"远方"很难存在。我们所经历的只是从一个地点被快速地搬用到另一个地点，而这些地点已经没有太大的文化地理学层面的差别。与此同时，各种现代化的运输工具使得诗人的行走能力、体验能力以及"远方"的理想主义精神空前降低和萎缩。与此同时随着一个个乡村以及"故乡"的消失，城市时代的"新景观"与没落的乡土文明的"旧情怀"之间形成了错位心理。众多的写作者正是在这种新旧关系中尴尬而痛苦地煎熬和挣扎。这使我想起莫言在发表诺奖获奖演说时所说的："我母亲生于1922年，

卒于 1994 年。她的骨灰，埋葬在村庄东边的桃园里。去年，一条
铁路要从那儿穿过，我们不得不将她的坟墓迁移到距离村子更远的
地方。"

这种尴尬关系、混搭身份和错位心理催生出来的正是一种"乡
愁化"的写作趋向。这种"乡愁"与以往一般意义上的"乡愁"显
然是有一定的差异性的。这种乡愁体现为对城市化时代的批判化理
解。在城市和乡村的对比中更多的诗人所呈现出来的现实就是对逝
去年代乡村生活的追挽，对城市生活的批判和讽刺。更多的诗人是
在长吁短叹和泪水与痛苦中开始写作城市和乡村的。很多诗人在写
作城市的时候往往是从社会伦理的角度进行批判。这无疑是一种简
单化的单向度的写作方式，这是必须要予以反思的。在 20 世纪 80
年代，一个年轻诗人悲伤地说"远方一无所有"。而到了现实炸裂的
新闻化的今天，在一个全面城市化的时代，我们的诗人是否还拥有
精神和理想的"远方"？谁能为我们重新架起一个眺望远方的梯子？

在一个看起来加速"前进"的高铁时代我们诗人离现实不是越
来越近，而是恰恰相反。我们的诗人仍然在自我沉溺的木马上原地
打转，而他们口口声声地说是在追赶"现实"。由此我们必须思考
的一个问题是，一首首诗歌中的"中国"离真正意义上的"中国现
实"究竟有多远？在新世纪的诗人那里我强烈感受到了一个个所谓
的"旁观者"的无边无际的沉默。这"沉默"和那扇同样无声的"拒
绝之门"一样成为这个时代罕有的隐秘声部。诗人试图一次次张嘴，
但是最后只有一次次无声的沉默。这种"沉默的力量"也是对当下
那些在痛苦和泪水中"消费苦难"的伦理化写作同行们的有力提
醒。这是一个飞奔"向前"的时代，但是同时那一块块运输工具的
钢化玻璃窗也模糊了我们内心之间的界限，模糊了我们与窗外这个
既熟悉又陌生的时代之间的关系。在一个城市化的时代，我们正在
经受着去地方化的命运。那墙壁上一个个出自强壮的拆迁队之手的

粗糙甚至拙劣的巨大的白色的"拆"字也在一同拆毁着族群的方言和地方的根系。而暧昧的时代"敌人"尽管不如极权年代那样如此具体和直接，但是更为庞大的无处不在的幽灵一样的规训和对手却让人不知所措。而吊诡的则是在一个"乡土"和"地方性"不断丧失的时代，我们的文化产业和地方文化资源的争夺从没有像今天这样如火如荼过。仍有那么多不为我们所知的"地方"和"现实"存在，而我们似乎又无力通过诗歌对这些"地方"进行命名和再次发现。我们更多的时候仍然是充当了"旁观者"和"无知者"的角色！

在时代匆促转换人们都不去看前方的时候，诗人该如何面对日益含混的世界以及内心？在一个极权时代远去的当下，我们的生活和诗歌似乎失去了一个强大的敌人。更多的时候我们是在生活和诗歌的迷津中自我搏斗。我们的媒体和社会伦理一再关注那些日益耸起的高楼和城中村，一再关注所谓的农村和乡土乃至西部，但是我们的诗人是否足以能够呈现撼动人心的具有膂力的"原乡"和"在场"的诗句？我认为经历了中国先锋诗歌集体的理想主义的"出走"和"交游"之后，诗人的"远方"（理想和精神的远方）情结和抒写已经在新世纪的城市化和去地方化时代宣告终结。尤其是在当下的去除"地方性"的时代，我们已经没有"远方"。顺着铁路、高速路、国道、公路和水泥路我们只是从一个点搬运到另一个点。一切都是在重复，一切地方和相应的记忆都已经模糊不清。一切都在迅速改变，一切都快烟消云散了。

确实在当下诗坛甚至小说界我看到了那么多虚假的乡村写作和底层写作。当诗人开始消费泪水和痛苦，这更是可怕的事情。或者视野再推进一步，在一个愈益复杂、分化以及"去地方化"和"去乡村化"的时代，诗人该如何以诗歌的方式予以介入或者担当？正如一位异域小说家所说："认识故乡的办法就是离开它；寻找故乡的办法，是到自己的心中，自己的记忆中，自己的精神中以及到一个异乡去寻找它。"这是必然，也是悖论。诗歌是通往现实的入口。
这个入口需要你挤进身去，需要你面对迎面而来的黑暗和寒冷。需
要你一次次咬紧牙关在狭窄的通道里前行，也许你必将心存恐慌。
但是当你终于战战兢兢地走完了这段短暂却漫长的通道，当你经历
了如此的寒冷和黑暗以及压抑的时刻，你才能在真正的意义上懂得
你头上的天空到底是什么颜色，你脚下的每一寸土地的分量到底有
多重。只有如此，你才能在语言的现实和发现性的"现实"空间里
真正掂量你所处的社会现实。

尤其是在新世纪以来的城市化进程中，我想到了很多诗人文本
中的"城市""小镇""乡村"和一个个陌生的"地方"。以这些"地
方"为原点，我们在多大的范围内看到了一种普遍化而又被我们反
复忽略不计的陌生性"现实"的沉默性部分。这一个个地方，除了
路过的"旁观性"的诗人和当地的居民知道这个地方外，这几乎成
了一个时代的陌生的角落——一再被搁置和忽略的日常。而我们早
已经目睹了个体、自由和写作的个人化、差异性和地方性在这个新
的"集体化""全球化"时代的推土机面前的脆弱和消弭。"异乡"
和"外省"让诗人无路可走。据此，诗歌中的"现实"已经不再只
是真实的生存场景，而是更多作为一种精神地理学场域携带了大量
的精神积淀层面的戏剧性、寓言性、想象性和挽歌性。在这些苍茫
的"黑色"场景中纷纷登场的人、物和事都承载了巨大的心理能量。
这也更为有力地揭示了最为尴尬、疼痛也最容易被忽视的深山褶皱
的真实内里。实际上这个经过语言之根、文化之思、想象之力和命
运之痛所一起"虚拟""再生"的"现实"景象实则比现实中的那
些景观原型更具有了持久的、震撼的、真实的力量和可以不断拓殖
的创造性空间。而在一个传统意义上的乡村城镇和曾经的农耕历史
被不断迅速掩埋的"新文化"时代，一个诗人却试图拭去巨大浮尘
和粉灰显得多么艰难。而放眼当下诗坛，越来越多的写作者们毫无

精神依托，写作毫无"来路"。似乎诗歌真的成了博客和微博等自媒体时代个体的精神把玩和欲望游戏。在一个迅速拆迁的时代，一个黑色精神"乡愁"的见证者和命名者也不能不是分裂和尴尬莫名的。因为通往圣洁的"乡愁"之路的灵魂安栖之旅被一个个渊薮之上的独木桥所取代。当我们胆战心惊终于下定决心要踏上独木桥的一刻，却有一种我们难以控制的力量将那根木材抽走，留下永远的寒风劲吹的黑暗。语言的温暖和坚执的力量能够给诗人以安慰吗？过多的时候仍然是无物之阵中的虚妄，仍然是寒冷多于温暖，现实的吊诡胜于卑微的渴念。当然我所说的这种"乡愁"远非一般意义上的对"故乡出生地"的留恋和反观，而是更为本源意义上的在奔突狂暴的后工业时代景观中一个本真的诗人、文化操持者，一个知识分子，一个隐忧者的人文情怀和酷烈甚至惨痛的担当精神面对逝去之物和即将消逝的景观的挽留与创伤性的命名和记忆；一种面对沉暗的工业粉尘之下遭受放逐的人、物、事、史的迷茫与坚定相掺杂的驳杂内心。由此，我更愿意将当下的后社会主义时代看作是一个"冷时代"，因为更多的诗人沉溺于个人化的空间且自作主张，而更具有人性和生命深度甚至"现实感"的诗歌写作的缺席则成了显豁的事实。然而，更为令人惊惧的是我们所经历的正是我们永远失去的。多少个年代已在风雨中远逝，甚至在一个拆迁的城市化时代这些年代没有给我们留下任何的蛛丝马迹。一切都被扫荡得干干净净。而那些当年的车马早已经销声匿迹。幸运的牛马们走进了坟墓之中，不幸的那些牛马们则被扔进了滚沸的烹锅之中。那些木质的轮车也早已经朽烂得没了踪迹。我们已经很难在中国的土地上看到这些已逝之物，我们只能在灰蒙蒙的清晨在各个大城市的角落里偶尔看到那些从乡下来的车马，上面是廉价的蔬菜和瓜果。而我们却再也没有人能够听到这些乡间牲畜们吃草料的声音，再也没有人能够闻到它们温暖的带有青草味的粪便的气息。说到此处，我也不由想到做一个简单的怀乡者并不难，这甚至成了当代中国写作的惯性气质，但这体现在诗歌写作中却会使得"怀乡者"的身影又过于单薄。

三

实际上，我们的诗歌界这些年来一直都在强调和"忧虑"甚至"质疑"的就是指认当下的诗歌写作已经远离了"社会"和"现实"。里尔克的名言"生活与伟大的作品之间，总存在着某种古老的敌意"在今天的中国是否仍然适用和有效？尤其是对当下的带有"重要现实"层面的诗歌写作而言，诗歌和诗人与"现实"的关系到底是怎样的呢？或者说当诗人作为一个社会的生存个体，甚至是各个阶层的象征符号，当他们的写作不能不具有伦理道德甚至社会学的色彩，那么他们所呈现的那些诗歌是什么"口味"的？

我想这都是相当困难的问题，因为任何企图回答这个问题的人都必须具备综合的能力，显然诗歌自身的力量只是其中的一个方面（或者还被认为是可有可无的）。这也是为什么出现了抗震诗、高铁诗但是真正能够留下和被记忆的却几乎成了空白的原因。

在现实和写作面前，诗人应该用什么"材料"和"能力"来构建起诗歌的"现实"？进一步需要追问的是这些与"现实"相关的诗歌具有"现实感"或"现实想象力"吗？曾记得 2009 年，著名艺术家徐冰用废弃的钢铁、建筑垃圾等材料打造成了两只巨大的凤凰。这本身更像是一场诗歌行动，时代这只巨大"凤凰"的绚烂、飞升、涅槃却是由这些被废弃、被抛弃、被搁置的"无用""剩余"事物构成的。与此相应的一个重要诗歌文本就是欧阳江河的长诗《凤凰》——这就是语言的真实和艺术的真实。

在一个如此诡谲的时代我们进入一个时代"内部"是如何的不

易，而进入一个无比真实的"现实"是如何的艰难。真正的写作者应该是冷峻的"旁观者"和"水深火热"中的"介入者"，他一起推给我们的是无边无际的沉默、自语和诘问。与此相应，我们每天与那些看起来无比真实和接近现实的诗歌相遇，但是他们几乎同时走在一条荒废的老路上。我们的当下有那么多的艰难情势被我们的诗人所忽略，与此还有那些更为斑驳不自知的灵魂渊薮。我们的诗歌都成了自我的关注者，个人的日常情感和生死冷暖体验从来没有在诗歌中变得如此高调和普遍。我们可以注意到在伦理化的底层和民生抒写热潮中，诗人普遍丧失了个人化的历史想象能力。换言之他们让我们看到了新闻一样的社会现场的一层浮土，让我们看不到任何真正关涉历史和情怀以及生存的体温。

在我看来，新世纪以来讽喻性的诗歌写作已经逐渐成为带有伦理化倾向的一种潮流和趋势。面对当下中国轰轰烈烈的在各种媒体上呈现的离奇的、荒诞的、难以置信的社会事件和热点现象，我觉得似乎中国已经进入了一个真正"寓言化"的时代。首先应该注意到目前社会的分层化和各个阶层的现实和生存图景越来越复杂，越来越具有多层次性，越来越具有差异性。甚至这种复杂和差异已经远远超过了一般诗歌写作者的想象和虚构能力，现实生活和个体命运的复杂程度早已经远远超过了诗人的虚构的限阈与想象的极限。诗人们所想象不到的空间、结构和切入点在日常生活中频频发生，诗人和作家的"虚构"和"想象"的能力受到空前挑战。由此，面对各种爆炸性和匪夷所思的社会"奇观"和现场事件的媒体直播，我们的诗歌和文学还留下什么能够撼动受众的特异力量？在此情境之下，写那些"现实"性的诗歌其难度是巨大的。相反，我们涉及属于更小范围内的诗人自我的日常生活图景时，其可能性的空间和自由度相反倒容易些。但是是否如一位诗人所偏激地强调的"足不出户的诗歌是可耻的"？实际上诗人和现实的关系有时候往往不是

拳击比赛一样直来直去，而更多的时候是间接、含蓄和迂回的。显然，中国当下的诗歌更多是直接的、表层的、低级的对所谓现实的回应。

而当我试图从"主题学"或者"同质性"的视野来分析当代的诗歌写作，我们最终会发现新世纪以来的大量诗歌（数量绝不在少数）与"乡村""乡土"以及"乡愁""还乡"（更多以城市和城乡接合部为背景，回溯的视角，时间的感怀，乡土的追忆）有着主题学上的密切联系。而这么多在谱系学上相近的诗歌文本的出现说明了什么问题？显然当下的诗人面对一个难以规避的"现实"——阅读的同质化、趣味的同质化、写作的同质化。无论是政治极权年代还是新世纪以来的"伦理学"性质的新一轮的"题材化"写作，我们一再强调诗人和"现实"的关系，诗人要介入、承担云云。但是我们却一直是在浮泛的意义上谈论"现实"，甚至忽略了诗歌所处理的"现实"的特殊性。但是当新世纪以来诗歌中不断出现黑色的"离乡"意识和尴尬的"异乡人"的乡愁，不断出现那些在城乡接合部和城市奔走的人流与不断疏离和远去的"乡村""乡土"时的焦虑、尴尬和分裂的"集体性"的面影，我们不能不正视这作为一种分层激烈社会的显豁"现实"以及这种"现实"对这些作为生存个体的诗人们的影响。由这些诗歌我愈益感受到"现实感"或"现实想象力"之于诗人和写作的重要性。试图贴近和呈现"现实"的诗作不是太少而是太多了，而相应的具有提升度的来自于现实又超越现实的具有理想、热度、冷度和情怀的诗歌却真的是越来越稀有了。更多诗人浮于现实表层，用类似于新闻播报体和现场直播体的方式复制事件。而这些诗歌显然是在借用"非虚构"的力量引起受众的注意，而这些诗歌从本体考量却恰恰是劣诗、伪诗和反诗歌的。诗人们普遍缺乏的恰恰是通过诗歌的方式感受现象、反思现实、超越现实的想象能力。换言之，诗人试图反映现实和热点问题以及重大事件时，无论从诗歌的材料、构架、肌质还是诗人的眼光、态度和情怀都是有问题的。

"一无所知"的"过客"性存在，实际上是每个生命的共同宿命性体验，同时人的认识和世界是如此的有限而不值一提。而在当下的时代，这种遗忘性的"一无所知"还不能不沾染上这个时代的尴尬宿命。我们自认为每天都生活在现实之中，但是我们仍然对一切都所知甚少，甚至有些地方是我们穷尽一生都无法最终到达的。有的地方我们也许一生只能经历一次。"单行道"成了每一个人的生命进程。

当年在荒芜的德令哈的漫天暴雨中，诗人海子最关心的现实不是世界和人类，而是一个姐姐。在四川绵州崎岖难行的山路上杜甫关心的不是自己的前途未卜，而是时刻挂念病重的李白。雾霾、高铁事故、鲁甸地震、天津爆炸、飞机失事等焦点社会现象的背后还有诸多关联性的场域需要进一步用诗歌的方式去理解和拓宽。而对现实的差异性理解还涉及诗人身份和诗歌功能的问题。无论是希尼强调的诗歌是一种精神的挖掘，还是鲁迅所说的一首诗歌吓不走孙传芳，而一发炮弹就把他打跑了，抑或是扎加耶夫斯基所强调的诗歌是对残缺的世界尝试赞美，这些对现实的理解以及相应的诗歌功能的强调都使得诗歌的现实写作呈现出了多个路径。而每一个路径都有可能抵达诗歌最高的境界——写作也是一种真理。具体到当下现实写作的境遇，我们会发现诗人身份的历史惯性也导致了现实化写作的诸多问题和缺陷。当代中国历来缺乏公共知识分子和有机知识分子的传统，这种缺失在新媒体时代被一些好事者扮演成了意见领袖。知识分子精神的缺失从来没有像今天这样在诗歌界以及文学界成了最为尴尬的话题。知识分子形象一直是中国当代文学的一个典型性的精神症候。就像诗歌界在多年前的一个讨论一样，"一个坏蛋是否能写出好诗？"这终究是没有标准答案的问题。在强调文学的自足性、独立性和文学本体性、个体

主体性的同时，我们必须注意到作家不是能够纯然"绝缘"和"非及物"的群体。既然我们深处历史和现实的漩涡之中，那么就写作而言是不存在完全意义上的"纯诗"和"纯文学"的。实际上，知识分子就是一种精神的承担。这种精神的承担显然不是简单地处理现实题材的写作，而是涉及人格、修为、写作和现实生活之间的诸多更高的要求。这种要求必然需要有难度的写作出现——语言的难度、认识的难度、情怀的难度、精神的难度以及思想的难度。而这种现实和精神的双重难度还来自于更大的挑战。这就是媒体以及新速度。

"历史"和"现实"更多的时候被健忘症的人们抛在了灰烟四起的城市街道上。我们会发现，在强大的"中国现实"面前历史并未远去，历史也并非没有留下任何痕迹。相反地，历史却如此活生生地出现在被我们反复路过却一再忽视的现实生活里。这多像是一杯撒了盐花的清水！我们更多的是看到了这杯水的颜色——与一般的清水无异——但是很少有人去喝一口。颜色的清和苦涩的重之间大多数人们更愿意选择前者。而诗人却选择的是喝下那一口苦涩，现实的苦涩，也是当下的苦涩。当然，还有历史的苦涩！而诗歌只有苦涩也还远远不够！

两个精神样本：雷平阳与陈先发

　　我指认这是一个有"诗歌"但是缺乏"诗人"的时代，而在"诗人"当中我愿意选取雷平阳和陈先发这两位诗人作为精神样本谈谈这个时代的"诗"与"人"。而之所以选择雷平阳和陈先发不仅在于他们各自的诗歌精神路向与美学取向的差异性，而且还在于他们的写作在这个时代的某种启示性。限于篇幅，我只以雷平阳的长诗《去白衣寨》和陈先发新近完成的组诗《新九章》为例做以点带面的辨析。

样本之一："坛城"：虚妄之词与无去来处

> 在故乡的地界上
> 却自己欠自己一个异教徒的上帝
>
> ——雷平阳《去白衣寨》

　　在这个写作的精神难度空前降低而溃散莫名的时代，能够旷日持久地坚持精神难度和语言难度的诗人实属罕见，而雷平阳则是这一少数的代表之一。

萤火时代的闪电

　　我曾经和雷平阳说过他是中国当下汉语诗人中最会讲"中国故事"的。这不仅在于我和他的几次相遇都听他在会场和酒桌上慢悠悠地讲述云南"边缘空间"的沉暗故事与中国寓言，而且这一讲述"中国故事"的冲动还体现在他一直以来的长诗和诗歌写作当中。而在此过程中，雷平阳寓言化的诗歌话语方式在我看来绷得太紧张了，也就是这种目的性有些突出的诗歌写作方式和经验以及想象力状态会一定程度上使得诗歌的生成性、不可知性的偶然性因素削弱。当然，对于雷平阳这样的成熟且风格明显的诗人而言，自觉性和自主性的写作阶段是情理之中的事情，但似乎写作的瓶颈期也在到来。

　　雷平阳精神性的寓言和对现实的生命感转化能力逐渐凸显出"悬崖饲虎"和"聚石为徒"的诗人形象。每个人都处于两个时代和迥异经验的悬崖地带，你不能不做出选择。在 2014 年夏天的暴雨中，我曾在一朋友处看到雷平阳写的四个书法大字"聚石为徒"。这样说并非意味着雷平阳是写作的"圣徒"，而我想强调的则是其写作的"精神来路"和"思想出处"。但是，雷平阳近些年在诗歌中不断强化着"虚妄之词"，换言之他的精神来路和去处都受到了根本性的挑战。能够容留自我精神的空间似乎不复存在——"用脚踢一块石头 / 希望石头支持她的谬论 / 我则把自己塞进石头 / 在石头里望着她 / 除了翻滚，咬着牙，什么也不说"。

　　雷平阳长诗中冷僻的寒冷的荒芜的朽烂的"白衣寨"让我想到的是藏传佛教里的"坛城"（梵文音译"曼荼罗""满达""曼达"）。

　　2015 年夏天在布达拉宫我第一次与那小小的却惊异无比的坛城相遇。那并不阔大甚至窄促的空间却足以支撑起一个强大的无限延展的本质性的精神空间与语言世界，这是精神、心髓模型与灵魂证悟的微观缩影。

　　而无论是用金、石、木、土、沙子或是用语言、精神建立起来的坛城，最终也只有一个结局——

> 我想，这个小镇很快就会泯灭
> 幻化为空，重新成为荒地
> 但谁也不知道，这脆弱的生命
> 到底还能供我们挥霍多久

　　雷平阳新近完成的长诗《去白衣寨》延续了多年来他的诗歌主题和精神主旨，即对个体"现实"精神命运和整体现代性景观的疑虑和反抗，但最终的结果是词语和精神的双重虚妄。正如我在评价他的长诗《春风祷》时所说的诗人所目睹的"历史遗迹""时代风景"已经变形并且被修改甚至芟除。"真实之物"不仅不可预期而且虚无、滑稽、怪诞、分裂、震惊的体验一次次向诗人冲涌而来。虚无的诗人已经开始失重并且给时代巨大的离心力甩向无地。在此时代情势之下诗人的"祷辞"就只能是一种虚无体验的无奈验证之举。显然，长诗《去白衣寨》仍然属于"祷辞"的诗歌话语方式，只不过内省、虚妄、无着的意绪更多地是通过反讽、悖论和寓言的拟场景以及戏剧化的方式得以反复凸显。正如诗人在该长诗的开篇所明示的——"一直想去一个地方，它叫白衣寨，但我不知它在哪里。人世间的幻虚之所，我只能到诗歌中去寻找。有很多人给我指引，为我提供了生者与死者共用的地图，在人间与鬼国我因此步履沉重。边界消失、人鬼同体，就连我自己的言行举止都吸附了太多的阴风与咒怨。我穿过河山、旷野、村庄，一路向前，所到之处都不是记忆和想象中的乐土，世界散发着腐朽的气息，挽歌声里人心颓废。白衣寨，设想中的天边的客栈，它也变成了苦难灵魂的集中营。"雷平阳曾自忖"我很乐意成为一个茧人，缩身于乡愁"。而吊诡的是一再抒写和反刍"故乡"的人最终却没有安身立命之所。这

就是雷平阳的写作宿命。

就诗歌文本世界而言，显然"白衣寨"并不是现实中实有的（不只是一个雨林中冷僻的四周有很多溶洞的边地小镇，"人丁少于象冢，狮虎皆为仆役"），而是诗人企图通过文字建构起来的精神之所。但是这种"故国挽歌"式的怀想、追念的精神性愿景最终面对的似乎只有遗照式的残骸和废墟。这又是一个游荡的灵魂——对现代性景观予以批判的游荡者。既然是"批判"与"否定"，那么这种精神伦理观和语言美学的背后要建立起来的是怎样的"新景观"呢——"她砍倒一片竹林和紫藤／想搭建永久的居所／但又觊觎那些无人的石头房子／她高声问我：'我应该怎么做／才能让新建的房屋／拥有记忆和出处，拥有道德感／并有鬼神暗中护卫？'"还是说诗人最终也无力建立这一具有相当难度的精神景观——"因此，我的一生就交给了最后一件做不完的事：在象冢的旁边／修筑一座座只埋葬袈裟的衣冠冢"？这最终只能是一场虚妄的语言徒劳之举？

在 1980 年代后期以来的先锋诗界尤其是长诗写作中"语言乌托邦"曾一度成为诗人的造梦仪式，"诗到语言为止"并非只是一个诗人的美学观念。但是，到了雷平阳这里，语言乌托邦已经解体，"诗人的原乡"（现实和精神的双重意义上的）已经被斩草除根，由此诗人再向远方、向天空、向自我内心和语言深处寻找一种所谓的"白衣寨"就只能是一场幻梦。这必然是个体主体性精神的无着分裂，是语言的虚妄，是失魂落魄的丧家犬，是不合时宜的恋旧者，是精神的无来去处的尴尬性境遇——"春草稀疏的江岸欠我一幅骑牛图／平坦的田野欠我一幅农耕图／小路欠我几个额上流汗的农妇／池塘欠我一阵蛙鸣和捣衣声／屋顶欠我丝绸一样的炊烟／寺庙欠我一个个心事重重的香客／村庄欠我天人合一的生活现场／树荫欠我讲故事的人／以及那荒诞不经的故事"，"就连从我头顶飞过的孤雁／也欠我一声哀鸣／我是如此的恋旧，如此深入骨髓地可怜自己，在故乡的地界上／却自己欠自己一个异教徒的上帝"。

白衣寨，是全诗展开的中心地带，也是精神性愿景的依托性装置，更重要的是，这是一个戏剧性和寓言化的"拟场景"。

迷离惝恍又真切刻骨都统一在呛人鼻息搅拌血液的寓言化的氛围之中。这一场景介于现实与寓言之间，更是像一场白日梦式的景观，比如《白衣寨》中那个老年瓜农在河滩瓜田里挥舞着铁锤不断砸烂西瓜的场景，两个人骑在即将被施工队刷成红颜色的生锈的引水管道上。而多年来，雷平阳的很多代表性的诗歌都具有"拟场景"化特征，包括那首《杀狗的过程》。这种"拟场景""寓言化"的文本效果显然要比那些过于胶着于"现实生活"的写作更具有超拔性和疏离感，而这种疏离恰恰又是建立于主体对现实和生活的精神介入基础之上的。换言之，我们都在谈论诗歌与时代、现实的关联，而我们却时刻在漠视这些日常生活的真实景观与诗歌镜像和诗人精神主体之间的对应关系。值得强调的是雷平阳诗歌中的拟场景即使有时候呈现为实有之物，但是这一实有之物在当下迅速推进的城市化和现代性景观中也大多成了追悼的亡词和精神的虚妄之词。"贴身肉搏"的结果却是"失魂落魄"。而寓言化的"拟场景"最终要达到的结果就是"魔幻现实主义的寂静"。

首先需要强调的是长诗在意象和场景上的视觉化效果。其中最突出耀眼的就是红色的场景和意象，比如"红土""天空的吸血管""鲜艳的瓜汁染红了流水""腐烂的桃花""一只鲜红的气球""一条即将被涂红的引水管道"等。而这一红色的视觉化的过程显然并非简单对应于所见所感的现实物态，而是建立于个人化的历史想象力和求真意志的基础之上，是对历史个人化与个人历史化相互观照和精神往返过程的印证与强化。

白衣寨，让人想到的则是桃花源。

"前面就是梨园了／白色的梨园，在红土上闪烁"。

　　但是，白色的、芬芳的、诗意的、农耕的"梨园"瞬间就被一种强大野蛮的力量击碎摧毁了——"走在空无一人的村庄里 / 我们看见桃树下桃子腐烂 / 梨树下烂梨飘香 / 村庄的魂魄已经走掉 / 地底下的废墟破土浮到了地上 / 她来到自己的家门口 / 站着，看着门上的铁锁和蛛网 / 想不起来亲人们都去了哪儿"，"腐烂的桃花铺满废弃铁轨"。

　　白衣寨的精神空间中"故国""村庄""土地""河流""山顶""稻草堆"的荒芜和废墟般的存在再次印证了雷平阳对现代性城市化景观的警惕和批判意识。而这种批判意识必然使得诗人面对两种性质不同的景观和空间以及时间性背后的历史法则，比如乡下王屠夫凄怆地死于乡下猪厩，而五个儿子则"在五座城市的五间出租房里酣睡"。由此意识出发，诗人也必须对与此相关联的语言系统和意象谱系的"病症"进行重新的"清洗"，"月亮，我在一个肮脏的乡下诊所里 / 与医生讨价还价 / 补回来的硬币像一堆月亮 / 她浑身的水泡像月亮 / 为了止痛，她大声叫着 / '杂种，月亮，杂种，月亮……' / 医生说：噢，月亮 / 输液的梅毒患者也说：噢，月亮 / 他们叫着他们自己的月亮 / 唯独一个濒死的老人，无人守护 / 他一声不吭，偏着头看月亮 / 那真实的月亮挂在诊所的屋檐上 / 只有这个月亮是上帝的月亮"。这就使这首长诗还具有元诗的精神趋向，这指向的是"乡土诗歌"语言的沉疴以及苍白浮泛的"伪抒情"方式，与此相应要建立起来的是有生命感的有效性和及物性的话语方式——"黑夜只是睡觉的时间段 / 我们发现并夸大为黑暗"。

　　"在错乱的道路上""无望是我们的信仰"。这注定是一场羞耻、怪诞、分裂、妄想症式的寻找与遗落并在的精神之旅。逆行、错乱、返乡的道路，"废弃的铁轨"预设了全诗的精神方向。

　　是的，"冷飕飕的坟地""黑夜""肮脏的乡下诊所""铁屋子"的场景出现了——前方只有坟墓。这是存在性的关于时间焦虑的诗歌命题的重演——生死，命运，时间轮盘上的骰子……这不能不让人想到当年鲁迅散文诗中的那个黑衣的夜行人过客——"约三四十岁，状态困顿倔强，眼光阴沉，黑须，乱发，黑色短衣裤皆破碎，赤足著破鞋，胁下挂一个口袋，支着等身的竹杖。"

甚至长诗《去白衣寨》的"拟场景"都与鲁迅的《过客》具有精神性的相似——东，是几株杂树和瓦砾；西，是荒凉破败的丛葬；其间有一条似路非路的痕迹。而当年鲁迅笔下黑衣人过客所遇到的女孩在雷平阳这里得到了"精神性的轮回"。全诗中反复出现的正是一个"她"，这个"她"同样是一个"拟场景"化的存在——不具体，不真实，但是又不断与诗人的精神主体进行拉抻甚至撕扯性的对话。两者之间形成的正是长诗特殊的声音和语调，恰如舞台两侧一个面影一个背影的位置。这两个位置正好是诗人寻找和返回的精神性隐喻。但是，既然前方是坟墓，返乡又是无地，那么这种悲剧性命运的产生就不只是"唏嘘"二字可以涵括得了的——"我见过很多返乡的婊子 / 她们从良了，但没有一个男人 / 能满足她们的肉欲"。这显然是雷平阳对诗歌和"精神返乡"的文化冲动的反省、检思与批评。是的，很多当代诗人似乎都同时走在"回乡"的路上，但更多的则是浅层的庸俗化的单向度的精神表层细胞，而非灵魂的激荡。是的，"还乡"以及"还乡的人"有时候也是可疑的，他们并不应该据有完全意义上的道德优势，更重要的则是时间和社会法则背后的深层机制和心理动因。陈超在八九十年代之交的诗歌中曾写道"逝者正找回还乡的草径"，海子则是"和所有以梦为马的诗人一样 / 我不得不和烈士和小丑走在同一道路上"。如今在雷平阳这里"还乡"的路上又多了一个"婊子"。这恰恰是"不洁"的诗所具有的不可替代的重要性，反之那些具有道德和精神洁癖的写作者恰恰是最可疑最不可靠的。

一切都在改变，荒诞主义的结局似乎早已经注定，连乡村的

后裔们也已改变了基因——肉体的、血缘的、文化的、道德的——"他们在荒村里，失教于天道／纷纷撕开了血缘，学会了独立／自称是墓地或废墟上／旁若无人地长大的一代／亦称粉碎的一代／他们目光阴沉，习惯了抛弃与屈辱／像喝足了狼奶与激素的机器人／一身的邪劲儿，随时准备／戴上我们的脸谱，以我们之名／锋芒毕露地向我们猛扑过来……／以诗人的身份，混迹于他们中间／我知道，这是一场被培育／和操纵的、继往开来的自杀运动"。这已不只是虚妄之词，也是绝望之举。既然无路可返，自我精神主体的白衣寨又只是一场幻梦，那么这个时代的"诗人何为"似乎又成了大是大非的艰难疑问。

2015 年春天，我和雷平阳、海男在翠湖边的一个火锅店喝茶喝酒，雷平阳的儿子拿着手机在搜索另一个世界。在城市空间里，我们都已经不再是当年那个乡下的土孩子了。又是一个云南的秋日午后。院子与翠湖只有一墙之隔。湖边游人如织，院内空有巨树两棵。阳光抖落在城市的院子里，我已久不闻内心的咆哮之声。在那个渐渐到来的黄昏，我想到的是孔子的一句话："出入无时，莫知其乡。"

样本之二：从"小于一"到"新九章"

在任何一个时代都会有极少数的诗人让那些专业阅读者们望而却步。这一类别的诗人不仅制造了足以令人惊悸的诗歌文本，而且他们自身对诗学的阐释能力已经远远超出了大多数的专业批评家。

1

在打印完陈先发新近完成的组诗《九章》（包括《斗室九章》《秋兴九章》《颂之九章》）时正值黄昏，我走进北三环附近的一家蓝色玻璃幕墙建筑的电影院。电影播放前的一则广告是关于白领创业的，我只是记住了那句话——"遇见十年后的自己"。在电影院的荧屏光影和三环路上的鼎沸车流之间，哪个更现实？而诗人能够做到的不只是提前遇到十年后的自己，还应该与多年前的自我和历史相遇。这正是诗人的"精神记忆法"不容推诿的责任。

多年来，布罗茨基的《小于一》一直是我的案头书，而多年来我同样在寻找一个精神对位的强力诗人。我们都在寻求一份这个时代知识分子的精神自传以及诗歌文体学的创造者。尽管一再付之阙如，尽管一再我们被各种千奇百怪的诗歌现象和奇闻所缠拌。说实在话，我也无力真正对陈先发这样的"自我完成"型诗人做出我的判断。当我最初拿到他硬皮本的《黑池坝笔记》的时候我并未找到有效的进入文本的入口，也正如陈先发自己所说"令人苦闷的是常常找不到那神奇的入口"。那种表面的无序膨胀与内在繁复的逻辑收敛，庞杂、晦暗、丰富和歧义以及多样侧面的精神自我正像那些凛然降落的雪。你只是在视觉和触觉上与之短暂相遇，而更长久地它们消隐于你的世界，尽管它们仍然以另一种形态存在着，面对着你。也许，这就是诗人特殊的语言所锻造出来的精神现实，对隐在晦暝深层"现实"的好奇与发现成为诗歌的必然部分——"我们活在物溢出它自身的那部分中"。由此，我只能采取硬性的割裂的方式来谈谈对陈先发新近的组诗《九章》的零碎感受。在黑夜中，我似乎只看到一个黑色背影被风撩起的衣角，而那整体性的事实却最终不见。

在我看来陈先发的诗歌约略可以称之为"笔记体"。那种在场与拟在场的并置、寓言与现实夹杂、虚实相生迷离惝恍滋味莫名的话语方式成为现代汉语"诗性"的独特表征。诗人通过想象、变形、过滤、悖论甚至虚妄的方式抵达了"真实"的内里，还原了记忆的核心，重新发现历史遗迹和现实的魔幻一面。甚至这种"笔记体"

在陈先发的复合式互文性文本《黑池坝笔记》中被推到了极致。

那么诗人为什么要写《九章》呢?

当读到陈先发的《秋兴九章》的时候我必然会比照杜甫的《秋兴八首》,甚至在黄灿然和沈浩波那里都曾经在诗歌的瑟瑟"秋天"中与老杜甫对话。在这种比照阅读中,我更为关注的是那个"一"。这个"一"正是陈先发的特殊性所在,无论诗人为此做出的是加法还是减法,是同向而行还是另辟蹊径,这恰恰是我们的阅读所要倚重的关键所在——"诗性自分裂中来。过得大于一或过得不足一个。"

无论是一首独立的诗还是《九章》这样的组诗,诗歌的生成性与逻辑性、偶然性与命定性是同时进行的。由此,陈先发的组诗中那些相关或看似无关的部分之间的关系就变得愈益重要,与此同时,我更为注意那些看起来"旁逸斜出"的部分。这一不可被归类、不可被肢解,更不可被硬性解读的"旁逸斜出"的部分对于陈先发这样的诗风成熟且风格愈益个人化的诗人而言其重要性不言而喻。因为对于很多诗风成熟的诗人而言很容易形成写作的惯性和思维的滑行,比如诗歌的核心意象以及惯用的话语类型。而就核心意象以及话语类型来说,很多诗人和批评家会指认这正是成熟诗人的标志;可是当我们转换为另一种观察角度来说,这又何尝不是一种故步自封的另一种违心托词。任何写作者尤其是诗人都不可能一辈子躺在一个意象以及围绕着一首诗写作。正是陈先发诗歌中生成性的"旁逸斜出"的部分印证了一个成熟诗人的另一种能力——对诗歌不可知的生成性的探寻以及对自我诗歌构造的认知与校正能力,而这也是陈先发所强调的诗歌是表现"自由意志"的有力印证。

与此同时,这一"旁逸斜出"的部分或结构并不是单纯指向了技艺和美学的效忠,而是在更深的层面指涉智性与"现实"。陈先发对"现实"曾予以了个人化的四个区分,其中更为难以处理的则是公共化的现实。就生活层面的与公共化的现实部分相应的诗歌处理而言（比如《室内九章·女工饰品》），陈先发非常好地平衡了道德伦理与诗歌美学话语之间的关系——大体在虚实之间、写实与虚化之间转换。内部致密的精神结构与向外打开的及物性空间恰好形成了张力，而这种张力在陈先发这里精神层面上凸显为虚无、冷寂、疼痛、悖论的类似于悲剧性的体验和冥想——"我嗅出万物内部是这／一模一样的悸动"，"我们应当对看不见的东西表达谢意"。这正与陈先发的诗学"现实观"相应。

组诗《九章》延续了他对世界（物象、表象、世相、真相）的格物致知的探询和怀疑能力，而此种能力则必然要求诗人的内心精神势能足以持续和强大。而在很多诗人那里"历史""现实"往往给割裂开来，而只有真正的诗人才能领悟到二者之间彼此打开的关系，这种历史的个人化和现实的历史化在陈先发近期组诗《九章》中有突出性的印证，比如《地下五米》《从未有过的肢体》。这也是陈先发写作出《黑池坝笔记》的深层动因。那轻霜、乌黑的淤泥以及灰蒙蒙的气息所弥漫开的正是诗人对世界的理解方式，这种理解方式已经在多年的写作践行中成了个体节奏的天然呼吸。陈先发诗歌因为极其特殊的精神气质和文化诗性而很容易被指认为耽溺型的"蜗居的隐身者"写作代表。但是，这显然是一个错误的判断。陈先发的诗歌并不缺乏日常的细节，不忌讳那些关于整体社会现实以及历史场域的"大词"（比如"现实""时代""共和国""中国""故国"），只是最为关键的是陈先发并没有沦为1990年代以来日常化抒情和叙事性写作的诗人炮灰（当然陈先发的部分诗作不乏"戏剧性"），也没有沦为无限耽溺于自我想象和雅罗米尔式极端化个体精神乌托邦的幻想者。也就是他的诗都是从自身生长出来的，并且没有"大词癖"。没有大词癖并不意味着没有诗歌话语的精神洁癖。陈先发的诗歌多年来之所以风格学的面目愈益突出就在于他维持

了一个词语世界构筑的精神主体自我，与此同时他也在不同程度地加深着个人的精神癖性。而没有精神癖性的诗人在我看来是非常可疑的。这种值得怀疑和辩难的精神癖性在很多诗人那里体现为对立性，也就是他们不是强调个体的极端意义就是极力强化诗歌社会学的担当正义。显然，这两种精神癖性所呈现的症候在本质上是同一的。一个优秀的甚至重要的诗人的精神癖性除了带有鲜明的个体标签之外，更重要的是具有容留性，是在场与拟在场的平衡。由这种容留性出发来考察和阅读陈先发的诗歌我们可以注意到一个事实，那就是各种"杂质"掺杂和渗漏在诗行中。这种阻塞的"不纯的诗"正是我所看重的，再看看当下汉语诗界那么多成熟老成的诗人的写作太过平滑流畅了。这些缺乏阻塞、颗粒和杂质的诗歌因为"油头粉面"而显得尤为面目可憎。值得强调的是这种"油头粉面"的诗歌既可以是个体日常抒情意义上假大空的哲理和感悟，也可以是以义愤填膺的广场英雄和公知的身份出现。

2

"陈先发的柳树"。

这是我阅读陈先发的组诗《九章》以及笔记之后一个突然冒出来的句子。

多年来陈先发一直营设着特殊的"精神风景"格物学知识。比如"柳树"（"垂柳"）无论是作为物象、物性、心象或是传统的"往事"载体、"寓言体"以及"言语的危邦"在陈先发的诗歌和笔记中已然成为核心性的存在。围绕着"柳树"所伸展开来的时间以及空间（河岸，流水，飞鸟，映像）显然构成了一个稳定性与未定性同在的结构。在《秋兴九章》的开篇诗人再一次引领读者与"柳树"相遇——"在游船甲板上看柳 / 被秋风勒索得赤条条的这运河柳"，"为什么 / 我们在河上看柳 / 我们往她身上填充着色彩、线条和不安 /

我们在她身上反复练习中年的垮掉"。在语言表达的限度和可能性上而言为什么是这一棵"柳树"而不是其他树种？

这是精神仪式，也是现代性的丧乱。而这种秘密和不可解性恰恰就是诗歌本体依据的一部分。

陈先发的汉语"诗性"和"精神风景"一定程度上体现为古典性"遗物"（"一种被彻底否定的景物，一种被彻底放弃的生活"）与现代性"胆汁"（怪诞、无着、虚妄）之间的焦灼共生。

陈先发往往在庭院、玻璃窗（注意，是现代性的"玻璃窗"而不是古典的木制门窗）前起身、站立、发声。那些自然之物和鸟啼虫鸣与诗人内心的声音时常出现龃龉、碰撞。但是，这些自然之物显然已经不是类似于王维等古代诗人的"雨中山果落，灯下草虫鸣"的封闭和内循环的时间性结构。这些自然之物更多处于"隐身"和"退守"的晦隐状态，或者说这些物象和景观处于"虚辞""负词"的位置——因为现代性的"水电站"取消了古典的流水。古典性的草虫鸣叫与现代性的工具嘶吼时时混响。这不仅在于内心主体情绪扩张的结果，而且还与"现代性"景观的全面僭越有关。但是这也并不意味着"已逝"的"古典性"和"闲适山水"就是完全值得追挽和具备十足道德优势的，"难咽的粽子"恰好是陈先发就此的态度。此时，我想到的是诗人的这样一段话："远处的山水映在窗玻璃上：能映出的东西事实上已'所剩无几'。是啊，远处——那里，有山水的明证：我不可能在'那里'，我又不可能不在'那里'。当'那里'被我构造、臆想、攻击而呈现之时，取舍的谵妄，正将我从'这里'凶狠地抛了出去。"这是自我辨认，也是自我诘问。具体而言，陈先发的诗歌一直持有着生存的黑暗禀赋。无论是在指向自然景观还是面对城市化生活的时候他总是在有意或不经意间将沉滞的黑暗晦明的死亡气息放大出来，"一阵风吹过殡仪馆的/下午/我搂过的她的腰、肩膀、脚踝/她的颤抖/她的神经质/正在烧成一把灰"（《斗室九章·梨

子的侧面》)。甚至陈先发敢于预支死亡，能够提前将死亡的细节和精神气息放置在本不应该出现的位置和空间。这也是为什么陈先发钟爱类似于"殡仪馆"场景的精神图示和深层心理动因，"死者交出了整个世界 / 我们只是他遗物的一部分"(《秋兴九章·7》)。

这恰如闪电的陡然一击，猝不及防，瞬间惊悸。是的，我在陈先发的诗歌中总会有不期而遇的惊悸感，而这正来自于"挂碍"和"恐怖"。陈先发却将这种惊悸感和想象转化为平静的方式，正如一段胫骨的白净干彻让我们领受到曾有的生命血肉和流年印记，"我们盼望着被烧成一段 / 干干净净的骨灰"。《斗室九章》的"斗室"空间决定着诗人的抒写视角，而陈先发在斗室空间的抒写角度不仅通过门窗和天窗来向自然、已逝的时间和现代性的空间发出自己的疑问，也就是不只是在镜子和窗玻璃面前印证另一个"我"的存在，比如"有一天我在窗口 / 看着池中被雨点打得翻涌的浮萍"(《室内九章·女工饰品》)、"站在镜前刷牙的两个人"(《室内九章·斗室之舞》)、"我专注于玻璃窗外的夜色""在母亲熟睡的窗外"(《室内九章·诸神的语调》)，而且他出其不意地在斗室中向下挖掘以此来尝试通向自我和外在的各种可能性。斗室更适合冥想，生死的猜谜和自我的精神确认成为不可或缺的主体趋向。在一些明亮的、浅薄的、世故的、积极的诗人那里往往排斥的是黑色的、灰色的、消极的和不需要铭记的事物和情感，而陈先发却对此有着有力的反拨，"灰色的 / 消极的 / 不需要被铭记的 // 正如久坐于这里的我 / 被坐在别处的我 / 深深地怀疑过"(《斗室九章·死者的仪器》)。

"虚构往日""重构今日""解构明日"的不同时间区隔及其中的共时性的"我"就可以任性而为般地对话与盘诘，个体精神的乌托邦幻境不是不在陈先发这里存在，关键是他已经不再堕入到物我象征的"蝴蝶"的沉疴和泥淖中去。精神延展和锻打的过程更具有了某种不可预知的复杂性。

3

陈先发的《九章》我之所以在文章的题目中冠以"新九章"，正是源于我对汉语诗性和践行可能性的思考。

"新"曾一度成为进化论意义上的文学狂妄和政治体制集体文化幻觉，"新"也一度成为各种运动和风格学意义上当代诗人们追捧的热词。这些都是极其不理智不客观不够诗学的。而我强调的"新九章"恰恰是由陈先发的组诗以及多年来他的诗歌写作实践和诗学理念所应发的命题——而不是泛泛意义上的"话题"，甚至比"难题"的程度更重。一个已然的常识是古典诗歌的"诗性正义"是不容争辩的，甚至早已经成为真理性的知识，可是现代新诗却不是，因为权威的"立法者"的一再缺席其命运和合理性一直备受攻讦、苛责与争议。那么，一百年来，汉语新诗的"诗性"与"合法性"何在？这必然是一个现在不能解决的"大问题"——不仅关涉大是大非，而且讨论的结果必然是无果，甚至歧义纷生。但是可靠的做法是可以将这一话题具体化和个人化，也就是可以将此话题在讨论具体诗人和文本的时候应用进去。

具体到陈先发的诗以及新作《九章》，他所提供的汉语新诗的"诗性"和"新质"是什么呢？也就是这种"新质"到底是何种面目呢？多年来，谈论新诗的"诗性"的时候，先锋性、地方性、公共性、传统性、现代性和后现代性是被反复提及的关键词。但是这些关键词被具化为个体写作和单个文本的时候又多少显得大而无当。由此，陈先发所提供的"新质"在我看来并不是其他论者所指出的什么桐城文化的传承，阅读感受上的神秘、晦涩以及儒释道的教义再造，而在我看来这种"新质"恰恰是来自于他复杂的生命体验和现代经验、对"已逝"部分的诗学迷恋、对个人化的历史想象力以及个体主体求真意志的精神构造。只有在此意义上确立了陈先

发的诗人形象，才有可能真正理解他的诗歌文本以及文化文本。实际上既然对于诗歌而言语言和生命体是同构的，那么以此谈论"生命诗学"也未必是徒然无益的虚辞。这必然是语言和生命体验之间相互往返的交互过程，由此时间性的焦虑和生存体征也必时时发生在陈先发这里，比如"摇篮前晃动的花／下一秒用于葬礼"。

陈先发的汉语"诗性"还表现为"洁"与"不洁"的彼此打开和共时性并置。

诗人需要具有能"吞下所有垃圾、吸尽所有坏空气，而后能榨之、取之、立之的好胃口"。而在我们的诗歌史所叙述的那些诗人那里，素材和道德的"洁"被提高到无以复加的地步，那些"不洁"的素材、主题和情绪自然被冠之以"非法"和"大逆不道"。阅读史已经证明，往往是那些看起来"干净整洁"的诗恰恰充当了平庸的道德审判者，而就内在诗性和语言能力上来说却没有任何的发现性和创造性。在我看来那些被指认为"不洁"的诗恰恰是真实的诗，可靠的诗，有效的诗，反之则是"有过度精神洁癖的人终将无法继承这个世界"。记得一个诗歌阅读者曾向我寻找答案——为什么陈先发写父亲的诗非得要写生殖器和白色的阴毛呢？（诗句出自陈先发的长诗《写碑之心》："又一年三月／春暖我周身受损的器官／在高高堤坝上／我曾亲身毁掉的某种安宁之上／那短短的几分钟／当我们四目相对／当我清洗着你银白的阴毛，紧缩的阴囊／你的身体因远遁而变轻"）

我当时无语。

可怕的"干净"阅读症仍然以强大的道德力量和虚假洁癖在审判诗人和诗歌。

对于陈先发而言，诗歌的"洁"与"不洁"显然不是被器官化生理性的阅读者强化的部分（比如"一座古塔／在处女大雾茫茫的两胯间／露出了／棱和角"），而是在于这些诗所出现的文化动因机制以及诸多可能性的阅读效果。陈先发的诗歌中不断出现"淤泥"（类似的还有"地面的污秽"）的场景和隐喻，而这几乎是当代汉语诗歌里非常罕见的"意象"构造。这一意象和场景并非是什么"洁"与"不洁"，而是诗人说出了别的诗人没有说出的现实和精神景观。当然这也包括当代诗歌史上的那些道德伦理意义上被指认为"不洁的"诗，因为这些诗中的"不洁"禁止被说出与被写出，那么恰恰是冲破道德禁忌写作的人建立起了汉语的"诗性"。只不过这种非常意义上的有别于传统诗学的"不洁"在阅读感受上往往给人不舒服、不干净、不崇高、不道德的刻板印象罢了。

陈先发诗歌的自况、自陈、自省语调是非常显豁的，同时这种语调使得他的诗歌不同程度地带有以诗论诗——"元诗"——的性质。具言之就是那些关于写作本体的关键词时时会出现在诗行里，"我的笔尖牢牢抵住语言中的我"，"我们活在词语奔向对应物的途中"，"它击穿我的铁皮屋顶，我的床榻我的 / 棺椁，回到语言中那密置的深潭里"，"香樟树下，我远古的舌头只用来告别"。显然，"元诗"的尝试对于诗歌写作者来说无疑具有重要性——这不只是一种诗学阐释，更是对自我写作能力和限囿的检省与辨别。

暮年的杜甫在夔州的瑟瑟秋风中遥望长安自叹命运多舛，他道出的是"寒衣处处催刀尺，白帝城高急暮砧"。而此去千年，一个诗人陈先发在秋天道出的则是"穿过焚尸炉的风 / 此刻正吹过我们？"

在汉语新诗的写作史上，能够留下独特的不可取代的具有汉语新质的"一"显然是每一个写作者的追求，尽管更多的结果则是被集体淹没于沙砾之中成为无名的一分子。显然，如果我们放弃了文学史的幻梦，那么诗歌减负之后直接面对个体生命的时候，陈先发的诗歌让我想到的是他这样一句话："跟一般失败比较，试图回忆过去就像试图把握存在的意义。两者都使你感到像一个婴儿在抓篮球：手掌不断滑走。"

"仿真"写作与无能的右手

　　"新世纪"无疑是一个吊诡和充满陷阱的词语，也许这个仍然带有进化论色调的时代关键词遮蔽了诸多问题。随着"新世纪"的不断推进，诗人逐渐丧失了应有的信心和憧憬，而我们的生活和所谓的理想并未随着新时代的到来而升级换代。似乎我们的诗歌仍然在被不断窄化的"个体性"写作所自我沉溺和高蹈，与此同时庞大而吊诡的中国"现实"似乎又使得诗歌和诗人以"无力"和"无能"的方式深陷无边的迷津之中。

　　悖论之处还在于我们今天有那么多看起来与我们的时代和现实密切相关的诗歌，但是这些文本往往只是表象和道德化的肤浅之作，仍然只是相互取消的复制品和仿真器具。提请诗人们注意的是，这个时代并没有降低我们写作的难度。我们太热衷于谈论诗歌技艺和修辞学，与此同时我们的诗人和研究者又都成了半吊子的社会学家和政治看客。

"仿真"的"个体"与"个性化"

　　2004 年 6 月 20 日，马骅（1972—2004）因意外消失在滚沸的澜沧江中。这个年轻人曾经对"70后"的诗人朋友说过"对于年轻的诗人们来说,他们最大的优势就是:他们还年轻,他们有足够的时间和精力、活力去发展,去等待那一个影子逐渐变得真切,直到有一天会被自己现实性地拥有"。可是,十几年后,这一代人已经渐渐老去了。而一个个游动的悬崖还在漫长的黑夜里。多年来,我偶尔会想起马骅的那首诗——《在变老之前远去》,"幻想中的生活日渐稀薄,淡得没味 / 把过浓的胆汁冲淡为清水 / 少年仍用力奔跑 / 在月光里追着多余的自己远去 // 日子在街头一掠,手就抖起来 / 文字漏出指缝、纷纷扬扬 / 爬满了将倒的旧墙 // 脚面上的灰尘一直变换,由苦渐咸 / 让模糊的风景改变了模样 / 双腿却不知强弱 / 在变老前踩着剩下的步点远去"。

面对当下所谓"个体"诗歌写作的平面性、随意性、技术性、被歪曲和篡改的"个性化"、无关痛痒而又大张旗鼓的诗歌论争以及大面积涌现的圈子性的诗歌批评的追捧或利害关系的棒杀,作为一个诗歌评论者我越来越怀疑评论的准确性和诗歌写作的"个性化"。甚至我不能不残酷地说,在当下的诗歌写作中谈论久违的"先锋"和"个性"简直就成了天方夜谭。甚至夸张点说,当下的诗歌写作几乎已进入了不容辩白的"集体"休眠期。看起来每一个诗人都在宣扬自己的诗歌个性,但是从整体性上来看诗歌已经没有太多的个性可言。换言之,这种诗歌的个体与个性化很大程度上成了仿真器具。每一个诗人都被其他的诗人所替代和消解。每个人的写作都可悲地成了复制品——形式上的,思想上的。当我们一再抱怨诗歌远离了读者,诗歌越来越边缘化和"个人化",可充满悖论的是,我们已经进入了一个"泛诗"或"仿真诗"时代。看起来正常甚至繁荣的诗歌生态却难以掩盖一个诗歌苍白无力的时代。与此同时,在科技理性、物欲膨胀的无限加速度的时代,诗人们处在巨大的漩涡中而不自觉地丧失了个性化的声音和良知以及自省的写作立场。所以，当下我们所看到的正是这个时代诗歌写作的特色，几乎很难有一首诗、一个诗人、一篇评论能够产生轰动性的社会效应和广泛的美学影响。相反，倒是一些不懂诗歌的人在不停争夺所谓的诗歌话语权。这种不无暧昧的诗歌写作语境正成为强硬的话语剥夺。当娱乐文化、流行文化无限扩张，诗坛上一些更为无知无畏的青春写作者以惊人的销量赢得审美水平极其低下的人的追捧时，当一些几乎与写作和生存没有任何关系的诗歌畅销书在图书大厦排上年度销量排行榜的时候，是否已经有人用理性和真知来面对？

在新世纪初的诗歌写作中，写作者、评论者和阅读者几乎已经达成了一个共识，这就是"个人性"成为了十多年来诗歌写作的检验标签和"合格"证明。实际上所谓"个人性"无非就是强烈诗歌写作的不能被约与弥合的"个性"特征。不管在何种程度上谈论这一时期诗歌写作中的个人化、个性化特征，这对于反拨以往诗歌写作强烈的意识形态性和写作技法的狭隘性而言其意义已不必多说。但是反过来，当个性化和日常题材逐渐被极端化、狭隘化并成为唯一的潮流和时尚的时候，无形中诗歌写作的个性化和多元化就带有了"病态"的来苏水味道。基于此，有必要对个性化诗歌写作的误识进行重新的过滤和反思。

实际上说到诗歌写作的个性就不能不说到集体。正如当年陈思和的"无名/共名"这一评论范畴。我们不能不正视这一现实：尽管诗坛看起来热闹纷繁、诗歌噱头成为饭后的谈资，流派林立的诗歌宣言和口号两天就能更新一次，各种所谓官方的、民间的诗歌奖项层出不穷，各种样式翻新的诗歌选本排上书架，但是应该正如当年的谢冕教授在评价 1980 年代之前诗歌的时候所说的那样，诗歌写作不是走着一条越来越广阔的道路，而是走着一条越来越狭窄的道路。当时谢冕的这一"异端"性的言论曾遭受到大面积的批评和批判。我不知道在"今天派"远去的接近三十多年的今天，我提出当下的诗歌写作仍在走着毫无个性可言的越来越狭窄的道路和不知不觉中诗人躺在僵化的集体"休眠"的躺椅上，不知会招来多少人的讨伐和愤怒。

当前些时候关于诗歌写作的中产阶级趣味和底层写作成为争论的焦点，诗歌的题材问题甚至阶级问题重新出现的当口，简单的肯定或否定已经无关紧要。问题的关键是应该意识到在新世纪以来的诗歌写作观念看似已经相当繁复和"个性化"，诗歌写作似乎也是在差异性和不同的向度间全面展开，诗歌的技艺和语言也似乎达到了新诗产生以来前所未有的乐观时期，但是在近些年所涌现的一些诗学问题和关于诗歌写作个性化问题的争论上，甚至在某些人看来大是大非的问题上已经揭示出当下的诗歌写作的个性化问题已经不是单纯的诗歌自身的美学问题，而是与政治文化、阶级分层、社会地位、多元传媒、流行文化、话语权力、诗人身份、伦理道德等都极其含混、暧昧而又不容分说地纠缠在一起。那么在此层面谈论诗人"个体"和诗歌写作的"个性化"问题就不能不是复杂而尴尬的，因为这一问题不能不牵扯到诗人自身、个性化写作观念、整体社会语境、诗歌批评误导所导致的"集体失语"的共谋等方面。

当我们再次"乐观"地提到新世纪以来诗歌写作的最大限度的个性化并为此而津津乐道时，人们实则很大程度上忽视了在所谓的摆脱了政治话语、集体话语的宏大话语规训的光明背景中，在所谓的个人化（私人化）写作经过短期的有意义的尝试之后，带有"个人性""口语性""日常性"诗歌大旗铺天盖地大面积涌起的时候，无数个诗歌写作的个体和"个性化"的诗歌文本实际上已经不约而同地沦为一种毫无个性可言的集体化行动。尽管当下这种丧失个性和先锋精神的集体化"休眠"和1949年至1976年的诗歌写作的政治化语境下的"集体性"可能有所区别，但是我们不能不就此发现一个悖论：我们得到的同时也丧失了很多。当政治的集体歌唱成为诗歌写作的日常事件，真正的个体精神就丧失了；当我们千方百计甚至绕了相当大的圈子才重现发现诗人个体和自由但不久就被无限滥用时，我们最终还是丧失了诗歌写作的个性。在此，诗歌往往就会走向反面而成为"非诗"。当然这并不意味着我对诗歌写作的"个人化"心存芥蒂和偏见。但是当在每年结束和新的一年开始的时候，翻开各个年度诗选和评论集，我们就会发现相当多的诗人在误解"个人性"的前提下滥用了这个看似屡试不爽的灵丹妙方，甚至诗歌批评也是将之作为评判诗歌的重要的甚至唯一的尺度。是到了对诗歌写作个性化重新反思的时候了。很大程度上被庸俗化和窄化的"个人性"排斥了诗歌写作的共性特征、整体意识、历史感和形而上精神的探询，甚至个人性还排斥了诗歌的本土和优异的古典诗歌传统（尤其是在诗歌精神和诗人经验层面）。

经历新世纪以来一波波的伦理化社会性的写作浪潮，在诗歌写作的"个性化"问题上还有必要重新检视诗人与时代的关系、诗歌与生存的关系、诗歌与技艺的关系。柳冬妩在《从乡村到城市的精神胎记———关于"打工诗歌"的白皮书》中认为近些年来中国主流诗人集体性走上了技术主义道路，他们有理由强调声音或事物的象征意义、词语之间的张力关系、叙述的结构与解构等"文本"的写作。这些技术性写作把语言上升为诗歌的本体，似乎为我们找到了一条通往真理的道路。诗人们面对的不再是写什么，而是怎么写，写得体面而又漂亮。论者指出当这种诗歌风气滋长起来后并没有让人们看到汉诗的希望，相反有一部分诗人在技术主义的胡同里越陷越深，变成了工匠。当人们谈论诗歌的时候，关注的似乎不再是它的精神指向，更多涉及的是技巧性话题。写诗不再是一种精神创造，它变成了技术的玩弄。确实，单纯的玩弄诗歌技巧、花哨的语言正成为目下一些诗人的通病。再有新世纪以来的诗歌写作真正意义上的"个性化"的丧失和集体的休眠状态的一个重要的症结还在于诗人的拙劣的仿写和深陷日常化写作的泥淖之中不能自拔。从 80 年代末期到 90 年代的诗歌写作中,仿效海子的"麦子诗"曾大量涌现,而其中不乏拙劣的仿写使一些伟大的诗歌元素受到了戕害。对于中国诗人而言,土地、庄稼、自然意象恰恰能够彰显出诗人的复杂经验和想象力。但是真正的从乡土本身生发的诗作却无疑在一种伪民间书写中被遮蔽。可以毫不夸张地说,尽管目下有一些诗人自命或被命名为"乡土派"或"新乡土派"诗人,但是真正体悟当下语境的乡村命运能够具备震撼人心的诗作却是相当匮乏。新世纪以来诗人普遍放弃了集体或个人的乌托邦"仪式"而加入到了对日常经验和身边事物的漩涡之中。我们注意到当普泛的叙事性和日常经验为诗人和研究者所津津乐道时,诗歌的"个性化"风格却恰恰在这一点上获得了共生性和集体性。在一定程度上,随着新世纪以来社会生态和相应的诗歌写作语境的巨大转换,诗歌写作对以往时间神话、乌托邦幻想以及"伪抒情""伪乡土写作"的反拨意义是相当明显的。但是这种反拨的后果是产生了新一轮的话语权力,即对"日常经验"的崇拜。而一些具有敏识的研究者和诗人逐渐认识了"日常经验"的负面效应并报之以警惕。确实"日常经验"在使诗歌写作拥有强大的"胃"成为容留的诗歌的同时也成为一种巨大的漩涡,一种泛滥的无深度的影像仿写开始弥漫。

那么当个人性、日常性、口语性在新一轮的话语权力中成为强势话语并被无限制地加以利用甚至扭曲时,一个必然的结果就是真正的大诗和诗人在这个时代出现就成了最大的问题。那么如何才能规避平庸的诗歌写作和整体的休眠状态呢?在笔者看来就是诗人在坚持个体主体性的前提下要深入当代、深入现场的紧张、尖锐的区域进行勘探,发现与命名。正如陈超所言:"在近年来的先锋诗歌写作中,诗人面临着许多彼此纠葛的情势。其中最为显豁的困境是:如何在自觉于诗歌的本体依据、保持个人乌托邦自由幻想的同时,

完成诗歌对当代题材的处理,对当代噬心主题的介入和揭示。"基于此,个性的立场和深入当代的介入姿态也许是当下诗歌写作的最大的诗歌伦理或道德。只有如此,诗歌写作的整体平庸状态才有可能有所改变。值得注意的是,《星星》诗刊 2006 年第 1 期上半月刊卷首语为《诗歌:重新找回对社会责任的承担》。梁平认为从五四开始中国新诗就一直在承担着责任,即对艺术探索和社会的关注,但是从 80 年代之后,中国诗歌却失去了对社会的承担,所以当下最重要的并不是怎么写而是写什么。《星星》诗刊对"诗歌关注现实"的主张就是始终相信真正有抱负有良知的诗人是始终关注现实和民间疾苦的,我想《星星》诗刊提倡一种承担的诗歌即更多关注诗歌的题材伦理,强调诗歌的"现实性"有其必要性和合理性。当然,我们也应该时刻提醒自己诗歌写作从来都不是整齐划一的,从来就没有一种写作观念能够统一诗人的写作方式。我们也不想看到在媒体的鼓动和社会的伦理吁求之下出现一些毫无"底层"体验的诗人写出的虚假的"底层诗歌"的大面积涌现,换言之我们不能要求任何人都来写作"打工诗歌"或"底层诗歌"。1958 年的"大跃进"新民歌、17 年颂歌、战歌和"文革"的红卫兵诗歌就是前车之鉴。但是有些批评者认为诗人过多关注现实题材就会导致诗歌的"不洁",即过多强调某一题材,如底层、打工、弱势群体,就会造成新一轮的题材决定论。那么诗人"深入当代"是否意味着诗人的写作在美学上就会"不纯"?是否深入当代就意味着是以集体甚或民族的伦理来压制个体经验的表述?在深入时代处理当下题材的同时,诗歌本体性和诗人主体性与之是否有难以弥合的冲突,还是有着更为复杂的关系?实际上评价一种诗歌写作现象,将之抬高到国家利益、为人民服务和为社会服务显然是高估了诗歌和诗人的作用,而完全站在美学自主性或是社会伦理性的立场又失之偏颇。答案还是这句话:在任何时代,诗人的职责都是共通的,即如何在尊重诗歌本体依据的同时完成对当代题材的处理。深入当代或曰诗歌的基本伦理不是毫无生气的主流的宏大叙述，也非耽溺于自慰式的精神空虚，也非玩弄形式主义的技巧而空无一物的极端。完全的美学立场或题材的道德幻觉都是有害的。深入当代完成对当下噬心主题的揭示和切入是诗歌实实在在的事情，也是诗人的职责。诗人的职责或诗歌伦理就是尊重诗歌的美学本体又完成对时代生存境遇的发现和命名。换言之，尊重诗人的个性并保持诗人的良知永远都不会因为"写什么"而丧失了"怎么写"，只有如此才会出现真正的有个性的、有民族性的、与生存现场持续介入的真诗、大诗。

我希望，整体写作平庸的集体休眠阶段早日远去，我希望在光亮的厅堂和黑暗死沉的矿区、城市与乡村、现场与记忆的广阔空间展开反思、辩难、诘问的个人性和存在性的伟大诗行。让这种本原性质的诗歌存在证明在时代语境的转换中，诗不单是对一种神圣言说方式的祈祷与沉思，更应是对时代噬心主题的介入与揭示。诗歌绝非简单的修辞练习，而是对良知和道德的考验的一场烈火，这是献给少数人的秘密而沉重的事业，是"钟的秘密心脏"，是灵魂的优异的回音与震响。在非诗的时代艰难地展开诗歌，面对生存和内心，在边缘地带坚持挖掘，这本身就是对诗人姿态最好的评价。

吊诡的现实与"无能"的诗歌

2012 年 7 月 21 日，北京，那场六十余年不遇的罕见暴雨并未散去！那突如其来的暴雨甚至超出了我们对日常生活与庞大现实的想象极限。而在秩序、规则和限囿面前，我们的诗人和写作者们却一次次无力地垂下右手。在我看来新世纪以来的中国诗歌面对强大而难解的社会现实难以置喙。这可能会让诗人和评论家们不解。我们不是有那么多与社会现实联系密切的诗歌吗？比如打工诗歌、农

村诗歌、高铁诗歌、抗震诗歌等。由这些诗我们会联想到那些震撼的现实，但是与现实相关的诗歌和文学就一定是正确的吗？如果诗歌只是充当了一篇微博和新闻的功能，那么诗歌和诗人就没有存在的必要性了。而面对着各种媒体空间上大量的复制性和浮泛的诗歌作品我们不能不一次次失望。换言之，当下诗人之间的区分度已经空前缩减，几乎很难发现诗人之间的差异和各自面貌。诗歌面对如此庞大纷繁的现实，我们所需要的并不是诗人的急于表态和站队，也不需要那种摄像机式的直接跟踪，诗歌所需要的恰恰是思想高度的提升，需要的恰恰是一个诗人对社会和当下的重新发现与再次命名。诗人应该是说出了我们每天司空见惯的事物和场景背后的更为复杂的内核以及深层动因甚至历史惯性。

我们用符合社会规范的"右手"写作，我们一次次主动或被动地失去了真正表态和发声的机会。当我们似乎在一个个自媒体的电子屏幕前以及"围观"的数字时代获得了个人发言的权利和臧否的机会，我却仍然对此心怀疑虑。强大的历史和庞大的现实似乎仍然无处不在，它们只是呈现和影响的方式正在发生着不小的变化。面对 21 世纪这个充满吊诡和离奇想象的新时代，在一个个公共空间里知识分子的声音仍然匮乏而无力。而更为可悲的或许还在于一些知识分子和写作者们的自以为是，为了个人写作的精神幻觉以及市场化好天气里一个个被奖赏的金质腰牌说着谎言和肉麻的颂辞。

面对某些"糟糕"的现实，我们很容易因为发出不满而在不自觉中充当了愤青的角色——"我还记得八月中旬，临行前和朋友们坐在北京世贸天阶，谈论着中国现实的种种，一种空前的庸俗感，让我们倍感窒息"，"我厌恶那无处不在的中国现实，是因为它们机械地重复、毫无个性……它们一方面无序和喧闹，另一方面又连结成一个强大的秩序"（许知远）。而我想说的是我们对"现实"除了"厌恶"和厌倦之外是否还需要在文学中呈现更多其他的声音（尤其是"异质"的声音）？当我再一次面对当下中国诗歌和文学现场，我只能无奈地想到那一只只无能的右手。右手代表了秩序面前的无可奈何和精神的疲软。甚至有时候我们已经放弃了选择的机会。在我看来，尽管当下仍不乏优秀的诗人和评论者，但是因为公共空间的缺乏和一次次挤压，中国仍然缺乏公共知识分子一样的写作者和批评者。基于此，我认为新世纪以来的文学仍然是缺乏足够的命运的悲剧感和直面历史与现实的强大精神动力。看起来我们同样并不缺乏那些所谓的与时代发生摩擦甚至碰撞的文本，甚至有大量的书写各种与表层现实相关的作品，但是我们仍然一次次忽视了这个时代的重要之物，一次次忽视了内心和文字与现实和历史之间极其复杂而微妙的关系。

当我们深入阅读各种刊物和博客、微博上的诗歌，我们会发现一种精神事实。这种精神事实却呈现为两个极端。一个极端就是诗人普遍存在的"懒散"的状态，换言之他们已经逐渐或正在丧失诗歌言说的能力，好像已经没有任何事物能够刺激他们的神经和内心，他们只是为了写作而写作，文本充斥大量的"知识"和"引文"。这种类型的诗歌写作已经偏离了诗歌的"别裁"本源。另一个极端就是仍然有数量惊人的诗歌指向了所谓的社会现实和敏感事件，高铁事故、乡村悲剧、留守儿童、工厂血泪、就业无门、讨薪无果、中产麻木等成为他们诗歌中频频造访的主题。这些诗歌中优秀之作稀少，更多是带有"仿真性"的新闻播报体和打油诗的廉价替代品。由此，就新世纪以来的中国诗坛，我们已经看到了很多的中国诗人成了旅游见闻者、红包写作者、流行吹鼓手、新闻报道者、娱乐花边偷窥者、"痛苦"表演者、国际化的"土鳖"分子、翻译体的贩卖者、自我抚慰者、犬儒主义者、鸵鸟哲学崇拜者、征文写作者。话说回来，我们的诗人学会了抱怨，也学会了撒娇，学会了演戏，学会了波普，但是就是没有学会"诗人"的"良知"。各种各

样的大大小小甚至国际的、全球的诗歌奖把诗人们宠溺坏了。

　　一定程度上还要感谢网络新媒体和博客、微博以及手机等"自媒体"的开放度和"水军力量"。很多热点问题都是在媒体上最先引发围观和热议，似乎网络民主的呼吁正在频频敲门（当然网络以及"网络"民主自身就具有复杂性，也具有不可避免的负面性和欺诈性）。而这种社会事实的复杂性、多层次性和差异性实际上并非是在近些年才出现的。我们却普遍忽视了媒体的力量。这就是从1960到1970年代的"地下"刊物，从1980到1990年代的"民间"刊物，从2000年以来的网络、论坛和电子邮箱以及手机平台，从2005年以来的博客空间直到最近几年的微博世界以及一些青年人猎奇下的通过特殊手段的网络"翻墙术"，还有大量的各个电子媒介空间的社会性、民生性、消费性、娱乐性等爆炸性新闻的对主流的"CCTV话语"的补充与丰富。这都让任何一个普通人看到了一个巨大地理空间上每天所发生的那么多的惊天事实和"非虚构"文本。正是媒介和"电子"的力量，众多在以前不可能被沉默的大多数所知晓的各种社会现象终于能够每天及时地传递和互动。可以想见，一般意义上的诗歌和文学似乎已经难以与读图读屏时代的电子化力量相抗衡。具有预言性、真实性、针对性、超前性的诗歌写作在这个不断加速度前进的全媒体时代几乎成为不可能。尤其需要注意的是更多诗人的个人化的想象力已经远远跟不上瞬息万变的各种关涉社会日常生活和"小人物"的个人事件和冲突。那么，当诗歌已经无力对社会事实和更为繁复的精神事实与想象空间作出合理和及时有效的呼应和回应的话，诗人就不能不遭遇尴尬的局面。或者简而言之，"诗歌"如何能与"新闻"和媒体相抗衡或者形成特殊的合作关系？据此，我们可以发现20世纪五六十年代西方的"非虚构写作"和"新新闻主义"无论是从写作者的身份到写作方向的调整都与记者、"新闻"工作等有着非常密切的关系。换言之，文学与

"新闻"之间的"紧张"或"互动"关系从那时候即已开始。当"新闻"都出现了松动与变化，文学的命运自然大同小异。实际上，新闻并非是完全客观的，而是因为各种社会力量和主体的介入呈现出被塑造的特征。在社会分层愈益明显、社会现象和民生问题愈益显豁的语境下，网络、博客以及微博等迅捷自媒介和"新闻体"效应对诗歌写作、诗歌刊物和诗歌接受都构成了某种挑战。而这种挑战也不能不影响到对传统意义上诗歌的诸多重新认识甚至反拨，从而也随之出现一系列变化、变体、跨界和调整的过程。或者这是否是一个诗歌遭遇更多的挑战和"文学性"高度扩散甚至消弭的年代？由此，我们是否该重新思考传统意义上的"诗歌"和诗人以及阅读、世界之间的关系？与此同时我们是否该重新反思我们对"诗歌"的理解是否足够宽阔？目前的诗人是否仍然在一定程度上坚持着精英知识分子的惯性"幻觉"与那喀索斯一样的自我迷恋？而多年来"圆滑""圆润""令人舒服"的缺乏真实感、摩擦感和疼痛感甚至原生粗粝感的文学趣味是如何形成的？网络不可能改变中国诗歌发展的基本格局，网络只是作为一种新媒介的方式使得诗歌写作、发表和传播变得愈益快捷。这使得任何人都能够发挥自己的话语权力。但是网络也使得众多更为年轻的诗歌习作者空前缩短了诗歌写作的"黑暗期"和"沉淀期"，他们对诗歌的敬畏心理正在空前淡化。当然并不是说诗歌写作有多么神圣，但是显然诗歌的精英化和知识分子传统正在遭受到挑战。与此同时，网络也使得快餐化、一次性的诗歌写作和诗歌批评泛滥。随着新媒体（网络用户2011年已突破五亿）尤其是手机（用户三亿）、博客、微博等自媒体的出现，诗歌生态确实在一定程度上发生了相应的变化。但是值得注意和反思的是，有些研究者和诗人就此为网络喝彩并声称什么网络诗歌引领了诗歌的复兴，这显然是片面夸大了网络的作用，也是哗众取宠的无稽之谈。

而由现场的无能和无力我想到的不能不是那些已经逝去的岁月和那些坚挺的精神躯干。

在我的记忆中,早在 1983 年前后我所在的冀东平原就开始大量出现了水泥厂、钢铁厂、矿厂、砖窑厂。而那些整日里大汗淋漓地挖土方、拉车运土、滑架、烧砖的"外乡"工人(大多来自张家口坝上地区以及内蒙古赤峰、广西柳州等地)以及本土工人。每天少得可怜的收入却让他们笑逐颜开,因为即使这样少得可怜的收入在他们看来也是不菲的收入了。这些外乡人就住在烟熏火燎、乌烟瘴气的砖厂旁搭的简易的窝棚里,在少有的工暇之余,开始寻找娱乐和轻松。青年男女们互相打闹,有的不小心就生了孩子。那些略有姿色的外乡女纷纷找个当地人家成亲、落户。我的内心时常被这样的场景所震动,当我几次站在并不高大的没有任何植物的裸露的燕山山脉的一个无名的山顶,那林立的砖厂的巨大烟囱、长年不息的炉火和浓烟以及其间蚂蚁般劳累的生命,我感到的只是茫然和沉重。尽管我没有像这些农民工一样承受过多的艰辛,但是我二十多年的乡村生活同样是沉重、悲苦的。1972 年冬天北岛把偷偷写好的《你好,百花山》给父亲看的时候遭到了父亲的不解和反对。而在 2009 年 11 月 12 日北京罕见的大雪中,在第二届"中坤国际诗歌奖"颁奖典礼上,北岛在受奖词中同样表达了对全球化语境下诗歌写作的难度与危机:"四十年后的今天,汉语诗歌再度危机四伏。由于商业化与体制化合围的铜墙铁壁,由于全球化导致地方性差异的消失,由于新媒体所带来的新洗脑方式,汉语在解放的狂欢中耗尽能量而走向衰竭。"

当革命的风暴远去,我们是否同时停止了灵魂的一次次飞翔。当城市包围农村的时代到来,我们是否会心存一点愧疚或者不满。当我们主动或被迫要求灵魂表态时,我们是不合时宜的"左撇子",还是一次次充当了无能的"右手"?也许,"先锋之死"至少是个伪命题，但是我们已经看到了众多的"失败之书"。一则我们的一些写作是无效的，再有就是在一个频频转捩的时代，写作和生存一定程度上也注定是"失败"的。但可以肯定，我们需要这样的"失败之书"。因为，我们都曾经在历史中阵痛，在物欲的现实迷津中走失。

还是记住一个中国作家所说的——"假如作者一定要代表什么人的话，我愿意代表的或许仅仅是失败者而已。正如我时常强调的那样。文学原本就是失败者的事业。"

远在远方的风比远方更远

目击众神死亡的草原上野花一片

远在远方的风比远方更远

我的琴声呜咽　泪水全无

我把这远方的远归还草原

一个叫木头　一个叫马尾

我的琴声呜咽　泪水全无

远方只有在死亡中凝聚野花一片

明月如镜　高悬草原　映照千年岁月

我的琴声呜咽　泪水全无

只身打马过草原

——海子《九月》

　　海子写作《九月》这首诗的时候是 1986 年。那时的他还仍然渴望着如火如荼的爱情。

　　80 年代的最后一个春天拒绝了诗歌和诗人。中国的大地和天空在剧烈的战栗中留下难以弥合的永远的阵痛。每年 3 月 26 日，诗歌界都必然会像迎接盛大节日一般再一次谈论一个诗人的死亡，必然会有各路诗人和爱好者以及媒体赶赴高河查湾的一个墓地朗诵拜祭。对于海子这样一个经典化和神化的诗人，似乎他的一切已经"盖棺定论"，而关于"死亡"的话题已经掩盖了海子诗歌的本来面目。这多少都是一种悲哀。

格非的《春尽江南》这部长篇小说的题目曾经长期让我迷恋和充满期待。这一具有强烈的诗意化象征的词语让我对"江南"充满了各种想象。江南的春天该是多么令人向往和迷恋并值得反复追忆，而事实上却是江南的春天也有一天走向了尽头——曾经的春意必将枯萎。这显然也一定程度上凸显了格非《春尽江南》这部小说的精神宏旨——由繁荣到枯萎，由诗意葳蕤到理想丧尽。"春尽江南"是从一个春天的"诗人之死"开始的——"原来，这个面容抑郁的年轻人，不知何故，在今年的 3 月 26 日，在山海关附近卧轨自杀了。她再次看了一眼墙上的照片，觉得这个人无论是从气质还是从眼神来看，都非同一般，绝不是自己那乡下表弟能够比拟的，的确配得上在演讲者口中不断滚动的'圣徒'二字。尽管她对这个其貌不扬的诗人完全没有了解，尽管他写的诗自己一首也没读过，但当她联想到只有在历史教科书中才会出现的'山海关'这个地名，联想到他被火车压成几段的遗体，特别是他的胃部残留的那几瓣尚未来得及消化的橘子，秀蓉与所有在场的人一样，立刻流下了伤痛的泪水，进而泣不成声。诗人们纷纷登台，朗诵死者或他们自己的诗作。秀蓉的心中竟然也朦朦胧胧地有了写诗的愿望。当然，更多的是惭愧和自责。正在这个世界上发生的事，如此重大，自己竟然充耳不闻，一无所知，却对一个寡妇的怀孕耿耿于怀！她觉得自己太狭隘了，太冷漠了。晚会结束后，她主动留下来，帮助学生会的干部们收拾桌椅，打扫会场。"此后诸多的文学叙述中由"诗人之死"开始，中国进入到一个"全新"的时代。

萤火时代的闪电

这种精神的剧烈震荡、中断和转换不能不在一代人关于历史和现实的想象和叙述中占有相当重要的位置。与此同时这种恍惚的历史感和先锋精神的断裂感也成了评价当下现实的一个重要尺度。

当诗歌和诗人成为公众心目中的偶像，这个时代是不可思议的！当诗歌和诗人已经完全不被时代和时人提及甚至被否弃，这个时代同样是不可思议的！吊诡的是这两个不可思议的时代都已经实实在在地发生在中国诗人身上。甚至在此发生过程中众多的普通人和写作者们都感受到了空前的撕裂感和阵痛体验。可以想见这种对历史和现实的双重疼痛的体验已经成为诸多写作者们最为显豁的精神事实。所以，对于那些经历了两个截然不同时代的诗人而言，叙述和想象"历史"与"现实"就成为难以规避的选择。然而需要追问的是，我们拥有了历史和现实的疼痛体验却并非意味着我们就天然地拥有了"合格"和"合法"的讲述历史和现实的能力与资格。

人们茶余饭后津津乐道的是海子的死亡和他的情感生活，海子一生的悲剧性和传奇性成了这个时代最为流行的噱头。在公众和好事之徒那里海子的诗歌写作成就倒退居其次。海子的自杀在诗歌圈内尤其是"第三代"诗歌内部成了反复谈论的热点，也如韩东所说海子的面孔因此而变得"深奥"。而对于一般读者而言，海子的死可能更显得重要，因为这能够满足他们廉价的新奇感、刺激心理和窥视欲。甚至当我们不厌其烦一次次在坊间的酒桌上和学院的会议上大谈特谈海子死亡的时候，我们已经忽视了哪一个才是真正的海子。海子死亡之后，海子诗歌迅速的经典化过程是令人瞠目的，甚至这种过程的迅捷和影响还没有其他任何诗人能够与之比肩。

海子定格在 1989 年，定格在二十五岁。这是一个永远年轻的诗人。

当我在 2012 年 7 月底从北京赶往德令哈，海子强大的召唤性是不可抗拒的。在赶往德令哈的戈壁上，大雨滂沱，满目迷蒙。那些羊群在土窝里瑟瑟避雨。当巴音河畔海子诗歌纪念馆的油漆尚未干尽的时候，一个生前落寞的诗人死后却有如此多的荣光和追捧者。应诗人卧夫（1964—2014）的要求，我写下这样的一段话（准备镌刻在一块巨大的青海石上）："海子以高贵的头颅撞响了世纪末的竖琴，他以彗星般灼灼燃烧的生命行迹和伟大的诗歌升阶之书凝塑了磅礴的精神高原。他以赤子的情怀、天才的语言、唯一的抒情方式以及浪漫而忧伤的情感履历完成了中国最后一位农耕时代理想主义者天鹅般的绝唱。他的青春，他的远游，他的受难，他诗神的朝圣之旅一起点亮了璀璨的星群和人性的灯盏。海子属于人类，钟情远方，但海子只属于唯一的德令哈。自此的夜夜，德令哈是诗神眷顾的栖居之所，是安放诗人灵魂的再生之地！"

而问题的关键所在是，在浩如烟海的关于海子的研究和回忆性的文章中，中国诗人尤其是诗歌批评界已经丧失了和真正的海子诗歌世界对话的能力。各种刊物和网站上关于海子的文章，大多是雷同的复制品和拙劣的衍生物。换言之，海子研究真正进入了瓶颈期，海子的"刻板印象"已经形成常识。我们面对海子已经形成了一种阅读和评价的惯性机制，几乎当今所有的诗人、批评者和大众读者在面对海子任何一首诗歌的时候都会有意或无意地将之视为完美的诗歌经典范本。这种强大的诗歌光环的眩晕给中国诗歌界制造了一次次幻觉，海子的"伟大"成了不言自明的事。所以我们可以得出这样一个结论：海子这个生前诗名无几的青年诗人在死后成了中国诗坛绕不开的一座旗帜和经典化的纪念碑。我们也看到这位诗人生前的好友寥寥无几甚至多已作古，然而我们在各种媒体尤其是网络上却看到了那么多自称是海子生前好友的人。我们只能说海子已经是一个被完型和定型化的诗人，是一个过早"盖棺定论"的诗人。但是我们忽视了一个极其重要的问题，即我们目前所形成的关于海子的刻板印象实际上仍然需要不断地修正和补充，因为时至今日海子的诗歌全貌仍然未能显现。我同意西川所说的，尽管海子死亡之后中国社会和文坛发生了太多变化，但海子已经不再需要变化了，"他在那里，他在这里，无论他完成与否他都完成了"。确实海子以短暂的二十五年的青春完成了重要甚至伟大的诗歌，但是，对于中国诗歌批评界而言海子还远远没有被最终"完成"，因为海子的诗、文、书信以及其他的资料的搜集、整理还远远没有做完。

海子作为一个诗人的完整性仍然处于缺失之中。

从1989年到现在二十多年的时间里，中国的诗人、批评家和读者捧着几本海子的诗集沉浸于悲伤或幸福之中。悲伤的是这个天才诗人彗星般短暂而悲剧性的一生；幸福的是中国诗坛出现了这样一个早慧而伟大的"先知"诗人。除了极少数的诗人和批评家委婉地批评海子长诗不足之外，更多的已经形成了一种共识，即海子的抒情短诗是中国诗坛的重要的收获。在相当大的程度上海子诗集在死后极短时间内面世对于推动海子在中国诗坛的影响和经典化是相当重要的。然而我发现海子的诗歌文本存在大量的改动情况，甚至有的诗作的变动是相当惊人的（这无异于"重写"）。目前我还难以确定海子诗歌文本的修改和变动是海子个人有意为之，还是其他的编选者和刊物编辑所造成的。但海子诗歌的这种变动现象是值得研究的，而遗憾的是，时至今日研究海子诗歌版本的史料工作几乎仍是空白。

海子像一团高速燃烧的烈焰，最后也以暴烈的方式结束了自己的生命。海子曾说："从荷尔德林我懂得，诗歌是一场烈火，而不是修辞练习。"他，这样做了，而且非常出色与惊人。海子启示录般的生命照耀，以其一生对诗歌的献身和追附，使他的诗在诗歌世界幽暗的地平线上，为后来者亮起一盏穿越心性的灯光，使得诗呈现出前所未有的辽远与壮阔。"春天，十个海子全部复活／在光明的景色中"。

我想海子需要的不只是今天的赞美。

1986 年，海子在草原的夜晚写下《九月》。这首诗后来经由民谣歌手周云蓬的传唱而广为人知。可是作者内心的苍古悲凉又有多少人能真正理解呢？草原上众神死亡而野花盛开，生与死之间，沉寂与生长之间，神性与自然之间形成了如此无以陈说的矛盾。接下来那无限被推迟和延宕的"远方"更是强化了整首诗的黑暗基调。而在此后的二十多年时间，中国诗人不仅再也没有什么神性可言，而且连自然的秘密都很少有能力说出了。这算不算是汉语和人性的双重渊薮呢？

我在 1994 年第一次坐上绿皮火车的时候幻想过远方，并一次次想起一个诗人关于远方的诗。而曾经悲痛于"远在远方的风比远方更远"的海子可能并没有预料到，二十多年后一个"没有远方"的时代已经降临。现实炸裂的新闻化的今天，在一个全面城市化的时代，我们的诗人是否还拥有精神和理想的"远方"？谁能为我们重新架起一个眺望远方的梯子？我们如何才能真正地站在生活的面前？

> 黑夜从大地上升起
> 遮住了光明的天空
> 丰收后荒凉的大地
> 黑夜从你内部上升
>
> 你从远方来，我到远方去
> 遥远的路程经过这里
> 天空一无所有
> 为何给我安慰
>
> 丰收之后荒凉的大地

人们取走了一年的收成

取走了粮食骑走了马

留在地里的人，埋得很深

草叉闪闪发亮，稻草堆在火上

稻谷堆在黑暗的谷仓

谷仓中太黑暗，太寂静，太丰收

也太荒凉，我在丰收中看到了阎王的眼睛

黑雨滴一样的鸟群

从黄昏飞入黑夜

黑夜一无所有

为何给我安慰

走在路上

放声歌唱

大风刮过山岗

上面是无边的天空

——海 子《黑夜的献诗》

尽管北岛等"今天"诗人以及此前的白洋淀诗群和食指还在南方尤其是西南的校园先锋诗人中有着广泛影响，但是随着1986年诗歌大展和"第三代"诗歌运动的开始，诗歌地理的重心已经由北京位移到成都、南京和上海等地。从此时开始，整体性意义上一度边缘和弱化的"南方"诗学和精神气象开始引人注目并成呼啸之势。尽管这一先锋诗歌运动迅速宣告结束，运动中"存活"的诗人也是寥寥无几，但是从诗歌地方性的角度考量仍然有诸多重要的问题值得再次关注和反思。而较之轰轰烈烈的"第三代"诗歌运动，曾经代表了文化主导权的北方以及北京诗歌开始显得沉寂。海子和圆明园废墟上的一些北京先锋诗人也不得不接受扑面而来的挑战和冷寂。

圆明园附近的几个村庄曾经成为八九十年代北京先锋艺术的聚集地，诗人、画家在历史的废墟旁从事艺术活动本身就充满了丰富的文化象征性。而圆明园自身带有的文化和沧桑历史感不仅影响到这一时期的北京先锋诗人和艺术家，而且也成为一些南方诗人的聚集场所。黄翔的好友——当时在北京的贵州诗人王强——就在这里创办刊物《大骚动》，不遗余力地宣传黄翔、哑默等贵州诗人的诗作。

一个躁动的诗歌时代开始了！

当1987年《诗刊》社第七届"青春诗会"在北戴河召开的时候，住在面朝大海的一个普通宾馆里参会的诗人西川可能不会想到，两年之后自己的好友会在离这里不远的一段铁轨上完成一个时代的诗歌悲剧。这一届"青春诗会"的阵容较为强大，其中有西川、欧阳江河、陈东东、简宁、杨克、郭力家、程宝林、张子选、力虹等。

雄伟、壮阔却又无比沧桑、荒凉的山海关开启了这些青年诗人诗歌的闸门。面对着北戴河海边不远处的玉米地和苹果树，有诗人高喊"把玉米地一直种向大海边"。在一场突如其来的暴雨中，王家新、西川等这些被诗歌的火焰烧烤的青年却冲向大海。欧阳江河还站在雨中高举双手大喊"满天都是墨水啊"！正是在山海关，欧阳江河写下了他的代表作《玻璃工厂》。此时年轻的诗人海子却孤独地在昌平写作。当他得知好友西川参加此次"青春诗会"时，他既为好友高兴又感到失落。

王家新从北戴河回来后不久收到了骆一禾的诗学文章《美神》。而对于那时骆一禾和海子以及南方一些诗人的长诗甚至"大诗"写作，王家新是抱保留态度的，但是敏锐的王家新也注意到正是1980

年代特有的诗歌氛围和理想情怀使得写作"大诗"成为那个时代的标志和精神趋向,"在今天看来,这种对'大诗'的狂热,这种要创建一个终极世界的抱负会多少显得有些虚妄,但这就是那个年代。那是一个燃烧的向着诗歌所有的尺度敞开的年代。"(《我的八十年代》)而更具有戏剧性意味的则是,当1988年夏天海子准备和骆一禾一同远游西藏的时候,骆一禾却接到了第八届"青春诗会"的邀请(其他的参会诗人还有萧开愚、海男、林雪、程小蓓、南野、童蔚等)。海子不得不只身远游,那种孤独和落寞比1987年西川参会时更甚。设想,如果海子和骆一禾同时参加"青春诗会",或者二人一同远游西藏,也许就不会有1989年海子卧轨自杀悲剧的发生。

当2001年"人民文学奖"的诗歌奖颁给食指和已故的海子的时候,诗坛再次轰动。为什么是北京的一个"疯子"和一个"死人"获此殊荣?这让那些活着的诗人尤其是"外省"的诗人们情何以堪?时至今日,仍然有很多诗人和研究者在质疑"地下"诗歌先驱者食指的影响,甚至认为食指的历史价值是被"人为"制造出来的。但是透过很多人的回忆我们仍然能够感受到手抄本在那个年代里的意义和不可替代的影响。1993年8月26日,四川摄影家肖全从芒克那里找到食指在北京第三社会福利院的地址。当他们终于在昌平沙河镇北大桥路东见到这个既普通又特殊的院落时,大街上匆匆而过的人们哪里会想到这里竟然生活着一位影响了几代人的诗人。肖全当时的激动心情是难以形容的。他和诗人陈少平在北京一家路边小餐馆吃饭时,陈少平说食指的诗曾挽救了一代人。主要收治"三无"精神病患者的北京第三社会福利院却因为一个叫食指的诗人而获得了非同寻常的诗歌地标的意义。在北京郊区那个平常不过甚至相当落寞的院落里,在几十个病人和护士中间,那个一只手腕上挂着一串钥匙、一只手夹着烟卷,满脸沧桑的皱纹,连外出都要请示，半个馒头的奖赏都能让其幸福半天的"病人"却一度成为中国当代汉语诗歌史上意味深长的场景。

海子曾经在 1980 年代有一个理想，那就是到远方去，到南方去，到海南去。

在那样一个理想主义和青春激情无比喷发的时代，诗人对"别处"和"远方"怀有空前的出走冲动是可以理解的。而"别处"无疑在诗人的想象中产生了无比美妙和神奇的诗意吸引力。这就像当年的列维·斯特劳斯对巴西和南美洲的想象一样，"巴西、南美洲在当时对我并无多大意义。不过，我现在仍记得非常清晰，当我听到这个意想不到的提议时，脑海中升浮起来的景象。我想象一个和我们的社会完全相反的异国景象，'对蹠点'（位于地球直径两端的点）这个词对我而言，有比其字面更丰富也更天真的意义。如果有人告诉我在地球相对的两面所发现到的同类的动物或植物，外表相同的话，我一定觉得非常奇怪。我想象中的每一只动物、每一棵树或每一株草都非常不同，热带地方一眼就可看得出其热带的特色。在我的想象中，巴西的意思就是一大堆七扭八歪的棕榈树里面藏着设计古怪的亭子和寺庙，我认为那里的空气充满焚烧的香料所散发出来的气味。"（《忧郁的热带》）而 1980 年代被激情和理想鼓动的先锋诗人正迫切需要这样的地理"知识"和文学想象。

1988 年年底，海子的好友骆一禾和西川先后结婚，但海子仍单身一人。当他最好的朋友有了家庭也多了份责任的时候，海子感受到的是一种失落，因为海子是不赞成婚姻这种方式的。

1988 年 11 月，冬日的昌平已经下过了几场小雪。

骆一禾同妻子一同去看望海子，而海子之前已经是接连四天吃便宜的毫无营养的方便面了。他对县城里哪个文印社比较便宜了如指掌。在几千里之外的钟鸣看来，海子处于昌平和北京的"中间"地带，而北京和昌平都不是来自于安徽的诗人海子的最后栖居之所，"海子在两个地区都不作长时间的停留。因为这两个地区都赋予了他一种居住权，一种责任和看法——它们彼此是出发地，又互为终点。因此，当海子作为这两个地区的代言人，在判断的法庭上互相审查、挑剔、对质，寻找机会，抓住对方的每一个弱点和纰漏时是可以想象的。在两地他都是陌生人，一个乡村邮差，不断用身历其境的地貌，风土人情和人们以不同方式打发日子，听凭堕落、涣散的细节使双方受到刺激。他用两种方言进行周期性的拜访和嘲讽。他这样做，很容易使双方都陷入了尴尬和难言之苦而随时存心抛弃他，出卖他，以保地区和平。"（《中间地带》）

海子在昌平的生活是尴尬而寂寞的。缺少应有的交流使海子处于失落和孤寂之中，所以海子也曾设想离开昌平小城到北京市内找一份工作。孤独的海子将自己的理想几乎全部放在诗歌写作上，当他将这种诗歌理想放置在日常的俗世生活甚至时代当中时，就不可避免地受到了更大的伤害。海子有一次走进昌平的一家小饭馆，他对老板说希望允许当众朗诵自己的诗作，条件是换得一杯啤酒。显然海子首先看重的是自己的诗人身份和诗歌价值，但是酒馆老板却恰恰与之相反——老板说可以给酒喝但条件是不能朗诵诗歌。俗世的力量再次证明了诗歌在日常生活中的乏力和不被认可的边缘状态。而当海子的诗歌理想一次次受挫的时候，加之一些诗人对他长诗写作的批评和不置可否，这对于海子而言意味着什么就可想而知了。

海子短暂的一生只留下来三篇日记，分别写于 1986 年 8 月、1986 年 11 月 18 日和 1987 年 11 月 14 日。

昌平的海子如此孤独，尽管这种孤独"不可言说"，但是海子还是悲伤莫名地把它写进了那首《在昌平的孤独》诗中："孤独是一只鱼筐 / 是鱼筐中的泉水 / 放在泉水中 // 孤独是泉水中睡着的鹿王 / 梦见的猎鹿人 / 就是那用鱼筐提水的人 // 以及其他的孤独 / 是柏木之舟中的两个儿子 / 和所有女儿，围着诗经桑麻沅湘木叶 / 在爱情中失败／他们是鱼筐中的火苗／沉到水底／／拉到岸上还是一只鱼筐／孤独不可言说。"

在海子昌平住处的后面是一片树林，风声和不知名的虫鸟的叫声陪伴了海子的黄昏和夜晚。

当黄昏来临光线渐渐暗淡，这个喧闹的县城已经渐渐平静的时候，海子就会独自在这片树林中徘徊良久。北方的落日、飞鸟、旷野、远山，还有无止息的风，这一切是给海子带来了安慰和乐趣还是增添了更多的苦恼和落寞？可能也只有海子自己知道，"我常常在黄昏时分，盘桓其中，得到无数昏暗的乐趣，寂寞的乐趣。有一队鸟，在那县城的屋顶上面，被阳光逼近，久久不忍离去。"（海子1986年8月的日记）

是的，海子在这里梦想着村庄、麦地、草原、河流、少女以及属于他自己的诗歌世界和"远方"的梦想。从海子短暂一生的地理版图上我们可以看到除了他的故乡安庆和寄居地昌平之外，他游走最多的地方是四川、青海和西藏。海子这位南方诗人在北方最终在生活上一无所有，而北方和他的南方故乡一起构成了他诗歌人生的两个起点。

海子死后，安庆怀宁高河镇查湾就成了中国诗歌地理版图上的一个越来越耀眼的坐标。

位于安徽西南部、长江下游北岸的安庆是文化名人辈出之地。安庆曾经是清代和民国时期安徽的省府，而它下属的桐城（现在是县级市）更是让人钦慕。张廷玉、刘若宰、徐锡麟、吴越、桐城学派、陈独秀、朱光潜、张恨水以及1980年代的海子都让安庆这个长江边的三级城市获得了少有的荣光。由安庆沿江而下可抵达南京和上海，这似乎也印证了这个城市在地理和文化上的某种过渡性和重要性。如果在网上搜索安庆，会出现两条与文学相关的信息："孔雀东南飞"的故事发生地，"面朝大海，春暖花开"作者海子的故乡。

燎原在修订再版的《海子评传》中是这样描述海子墓地的：

> 查湾村北这座山岗墓地，这座以柔和的弧线与村庄大地连接的平岗，当是海子诗歌中一个隐秘的核心，他观察世界、倾听天籁、感应生死的一个观象台。正是在这个松林台地上，他感应了落日夕阳镀上坟茔那抚慰灵魂的大安宁，看见了头顶宇宙河汉那些大星的熠熠烁烁，并谛听到了发自其间的密语。当然，他更是在那些个五谷丰登新粮入仓的空荡荡的秋夜，以对于大地特殊的敏感，注意到了黑夜不是渐渐地自天空向着大地覆盖笼罩，而是相反地——"黑夜从大地上升起"。

燎原在这段文字中频繁使用"大词"（"大安宁""大星""大地"）对海子的墓地进行了诗意的描述。我理解燎原对海子和海子墓地的敬畏与尊重，所以这些墓地四周的自然景色就具有了重要的文化色调和浓厚的象征意味。但是海子作为个体的死亡（排除其他的文化因素和一些人的想象成分）与其他的个体本质上并没有什么太大区别，而年轻生命的消殒给其父母家人留下的是难以弥合的悲痛甚至不解和抱怨。查湾的乡人对海子的死更多是不解，他们认为海子年纪轻轻就横死他乡是对父母最大的不孝。

在 1980 年代的诗歌交游和"串联"中海子和其他诗人一样不断到外地与诗人交换诗作、谈论诗歌。

海子于 1983 年毕业后到政法大学校报工作，此时的海子开始与外省诗歌联系。海子将自印的诗集和一封信寄给当时在重庆西南农业大学任教的柏桦。柏桦随即给海子回信。然而极其遗憾的是海子生前与诗人、朋友及女友、家人的大量通信大体散佚。1989 年 1 月初，柏桦出差到北京，联系上老木并通过老木结识了骆一禾和西川，唯独因为种种原因错过了与海子的见面。1989 年冬天，柏桦写下纪念海子的诗《麦子：纪念海子》。这一时期，海子、骆一禾和西川等人都与南方诗人有着广泛而深入的交往。诗人万夏曾翻山越岭来昌平看望海子。而海子的四川之行不仅是与万夏、钟鸣、柏桦、欧阳江河、宋渠、宋炜、杨黎、尚仲敏等人进行诗歌交流，还有深层的原因就是海子在四川有一位女友 A。据当时海子向宋渠问卦的情况，海子与 A 的情感肯定是没有结果的。这次四川之行隐含着不祥的征兆。当时的青年诗人尚仲敏发表在民刊《非非年鉴》（1988 理论卷）上的文章《向自己学习》因为二元对立的意识（比如长诗与短诗、旧事物与新事物、朋友和敌人）而深深刺痛了海子。

> 有一位寻根的诗友从外省来，带来了很多这方面的消息：假如你要写诗，你就必须对这个民族负责，要紧紧抓住它的过去。你不能把诗写得太短，因为现在是呼唤史诗的时候了。诗歌一定要有玄学上的意义，否则就会愧对祖先的伟大回声……他从书包里掏出了一部一万多行的诗，我禁不住想起了《神曲》的作者但丁，尽管我知道在这种朋友面前是应当谦虚的，但我还是怀着一种惋惜的情感劝告他说：有一个但丁就足够了！在空泛、漫长的言辞后面，隐藏了一颗乏味和自囚的心灵。对旧事物的迷恋和复辟，对过往岁月的感伤，必然伴随着对新事物和今天的反动。我们现在还能够默默相对、各怀心思，但用不了多久，他就会成为我的敌人。

但是，此前的情形却是作为"非非"成员的尚仲敏曾邀海子吃饭并乘着酒兴大夸特夸海子的长诗并称赞其为独一无二的诗人。这对海子而言自然是相当高兴的事情，所以他把尚仲敏视为知音。回到北京后海子还兴致勃勃地对骆一禾等人谈起尚仲敏并说应该帮助这个年轻诗人。但是谁料几个月之后，尚仲敏却"改弦更张"在

《非非年鉴》上发表了奚落和批判海子的文章。这种落差给海子带来的伤害无疑是相当大的。海子 1987 年的四川之行可以说是喜忧参半。通过宋渠、宋炜以及杨黎的零碎回忆我们可以看到当时海子对气功的痴迷。他在这里既遇到了谈得来的诗友也遇到了一些不小的刺痛。欧阳江河、钟鸣等都对海子的抒情短诗予以了高度评价，海子也在钟鸣写于 1987 年的《红剑儿》中找到了知音。

> 当剑在它们的口语中比速度时 / 她的韧性在谁眼里，她炭火的 / 红衣，在她一跃时，就成了剑的 / 精粹和封喉之血，但谁眼里 / 有那暗地凝结的锋芒—— // 是恐惧，牺牲，还是正义的投身 / 在未损于她时已铸在了剑尖上 / 多恐怖的殉难者的膏腴和胸脯啊 / 我们舞到头也不及她狠心的一掷 // 她白得更刺眼 / 领略血的殷红更深 / 从以往的距离 // 我看到怯懦的攻击者 / 但她的骨殖在剑中另有一番空响 / 无法避免被引向人群中激烈的比划 // 我们的身段成了流星和光环 / 她秘密的五层网布下烈火的 / 巢穴和极度的寒冷 / 嬗变的身法像灰烬中的乌有 // 当我们轮番杀死只老虎 / 哪怕在很久很久以后 / 我们仍会听到锋刃里的啸声 / 它透过剑匣嗅着，甚至要吃我们 / 直到那秋风愁煞的女人骑马而来 / 才像斩落大气人头似地斩落它 // 她就像那投身于斧薪的古稀剑客 / 突然从血和燧石里站起来 / 递给我们风快的刀和剑 / 她抽出身段发出凄厉的叫声

但是欧阳江河和钟鸣以及其他的四川诗人却对海子《太阳·七部书》里的"土地篇"等长诗抱有不置可否的态度。显然，海子对长诗所投注的热情和努力在南方的潮湿天气中被冷却、降温。海子在这种尴尬的氛围中一杯又一杯地喝着闷酒，"说了些什么，已记不得了。他一个劲喝闷酒。终于吐了一地。主人尽量消除他的尴

尬。约好第二天再聊。等第二天，我和江河去找他时，他已不辞而别。海子太纯粹了。难以应付诗歌以外的世俗生活。听说，在'非非'和'整体主义'那里，他的长诗也遭到了批评。"（《旁观者》）海子长诗理想的碰壁使他再一次"铩羽而归"，而在海子为数不多的出游中很多次都是和朋友们不辞而别。这多少说明了海子的个性，更说明海子在日常生活中的不适感以及他过高的诗歌理想和预期。海子的好友骆一禾同样感受到了长诗写作在那个时代的不合时宜和难度，"农牧文明，在海王村落我最后的歌声是——当代的恐龙／你们正经历着绝代的史诗／在每一首旷古的史诗里／都有着一次消失或一次新生"。不仅如此，在北京诗人圈子中海子的长诗同样遭受冷落和批判。北京作协在西山召开诗歌创作会议上也对没有参会的海子搞"新浪漫主义"和"长诗"进行了批评。

1988年春，海子只身再赴四川。

再次回到昌平的海子感觉此次的四川之行还是无比落寞，尽管他在宋渠、宋炜那里再次感受到了兄弟般的温暖。海子曾经希望自己在1988年完成海南之行，而他之所以最初选定去海南就是要完成自己诗歌的"太阳"之旅。因为在海子看来海南就是自己长诗所向往境界的一个文化象征，他希望用自己的鲜血和灵魂投身其中，"在热带的景色里，我想继续完成我那包孕黑暗和光明的太阳。真的以全部的生命之火和青春之火投身于太阳的创造。以全身的血、土与灵魂来创造永恒而又常新的太阳这就是我现在的日子。"（1987年11月14日日记）然而，海南并没有给海子以及他的诗歌理想以机会。

海子非正常死亡之后，山海关作为他的死亡之地也获得了罕见的文化象征意义。

在多年之后的一列由北京出发经过山海关的火车上，四川诗人杨黎对另外一位青年诗人表达了对海子自杀的猜谜游戏式的解读，

"火车正在穿过山海关。我懂了海子他为什么要在山海关自杀，而不是其他地方。比如不是山海关的前面，也不是山海关的后面。那么就前面一点，或者就后面一点点。都不行啊。海子只能在山海关自杀。"（《灿烂》）实际上，这等于杨黎什么都没有说。

在我看来，海子选择在山海关结束一生就是宿命——情感性的宿命。当年夏日他和初恋女友在北戴河度过了一段美妙的恋爱时光。在哪里开始，就在哪里结束。这就是海子。

从昌平到山海关标志着一个没有"远方"的诗歌时代已经降临。

> 我坐在火车上，火车在走
> 我却不想去哪里
> 我想火车可以开得很慢
> 我可以永远坐下去
>
> 我想它永远没有终点，永远在开
> 透过窗子，车窗外的事物
> 在快速地后退
> 直到我老了，已经看不清
> 也记不起曾经看到它们多少次
>
> 我想我可以热爱它们
> 像现在这样
> 我来到车尾
> 看着两条蜿蜒而去的铁轨
> 和它周围的田野
> 它们交织在一起
> 像崭新的母女，又像永恒的父子

如果我老了，已经上不了火车

已经没有属于自己的火车

我想火车可以开到我的身上

每个人都早已为火车

准备好了身体的铁轨

火车可以在那儿开，慢慢地

开往一个山坡，或是更远的一片高地

如果前一列已经隆隆地开过去了

下一列还没有开来

我就坐在枕木上，耐心地等着

一个人，腰都弯了，头发都白了

还是那么的热爱他的火车

——江非《我坐在火车上，却不想去哪里》

2010 年的 7 月 4 日，江非写下这首《我坐在火车上，却不想去哪里》反讽与悖论性的时代寓言。火车与远方，人与无地，热望与无望，当下与远方之间的虚无感从来没有像今天这个时代成为诗学的难题和命运的尴尬处境。

是的，没有"远方"的时代已经到来。

身边那一张张修饰过度的脸

闪着城市的疲倦

保罗在书页里躺了多年，

我从来没有勇气打开它

——霍俊明《回乡途中读保罗·策兰》

多年来我一直反复问自己的是：火车的前方是什么呢？

而同时代诗人刘川的"拯救火车"更是充满了对城市化景观的反讽与绝望。

我的故乡在冀东平原上，那里有一条河流叫还乡河。从北京到东北三省的铁路距离我所在的村庄只有两华里。对于20世纪缓慢的70年代来说，那些绿皮火车代表了最为新奇和激动人心的憧憬。火车肯定能带乡村的孩子去最远最远的地方。

我那时经常和玩伴一起穿过田野、爬上高坡，在清晨或黄昏来到那个车站。这些少年看着过往的火车欢呼雀跃、蹦跳不止。但是，在我的童年和少年时代，那些飞驰而过的火车带给我的并非总是美好。正如多年之后我在一首诗里写到的那样："在深色的围栏上，绿色或红色的列车／正渐渐远去／多年前的我，下学后步行到两里外的车站／在草丛中认识了那些白色的餐盒／还有迎风飞舞的浊黄尿液。"那个叫田付庄的车站在年幼的我看来非常的高大壮观，而多年后它竟然显得那么矮小落寞。当多年之后高铁开通的时候，每次车过故乡我都会本能地去寻找那个曾经无比熟悉的车站和村庄，但几乎每次都是在飞速前进中它们被忽略、消失。

而我憧憬着坐火车的愿望直到1991年初夏才实现，那一年我十六岁。第一次出门远行竟然是从那个车站和缓慢的绿皮火车开始的。那时我正学习绘画，准备考师范类的艺术特长生。接到考试通知的当天中午我骑着自行车回家，因为着急，浑身汗透。当时父亲正在浇麦地，白杨的叶片才拇指大。父亲换了衣服，借了钱和我上路。一路上除了着急就是着急，因为考试就在第二天。到了车站，候车室竟然人很少。拿到手里的车票是两个窄窄的硬纸板，无座。终于第一次踏上绿皮火车，那种新鲜感难以形容。那被我紧紧攥在手心的车票已经被汗水浸湿。火车上，给我印象最深的是一个女人。当时我和父亲站在过道上，一个肥胖的中年女人将脚踏在对面唯一的一个空位上。那一刻，我第一次出门的新奇、激动和幸福被那只恶心的脚丫子瞬间击垮了。我第一次有了乡下人的自卑感和愤怒。

记得1990年代的火车速度非常慢，人满为患，车厢里的各种气味混合在一起。第一次从唐山坐火车去石家庄见初恋女朋友的时候，我和大学的另一个哥们是站了一夜熬到石家庄的。那种腰酸背痛、无地容身的感觉终生难忘。这种感觉甚至远远超过了我见初恋女友的种种甜蜜的想象。此后很多年，我几乎一直是在路上，与一辆辆火车相遇，又看着它们一次次离我而去。在火车上不免发生了很多的故事。看到过有人醉酒打架，一啤酒瓶子下去对方的脑袋立刻鲜血四溅。看到过有人垫张报纸躺在座椅下面还悠然自得地听着收音机。看到过那些背着蛇皮袋狠狠吸着劣质烟的农民工。看到过那些聚在一起打扑克的人，也看到过那些把瓜子皮扔得满地都是肥肉横生的中年妇女。印象最深的是春节回家，眼看着车快开了，还有很多人挤在车门口。一个姑娘情急之下从车窗爬了进来，因为太过于着急的缘故她的手腕被划坏了。那年冬天我一直记得那些细密的血珠的气息。曾经记得朱自清的日记里提到过很多他路上偶然遇到的漂亮的女子。这是人之常情。从我二十多岁开始，我几乎一直往返于丰润和石家庄之间。那时坐火车需要去唐山市里。记得那时唐山和石家庄火车站的广场上到处都是年轻的女孩子。她们要做的就是把你拉到那些车站附近廉价的旅馆当中去。那时面对她们我不仅避而远之而且还蔑视有加。但是有一次，我对她们的印象稍有改观。那是一个夜晚，紧赶慢赶到唐山站的时候却没有买到去石家庄的车票，只能在车站旅店住了下来。那是一个小小的院落，里面的房间用薄薄的木板隔开。不知道是什么时间我被一男一女的谈话给弄醒了。那个女的对老板说她今天只接了一个客人，钱都不够用来买菜。那时，我只能无语。

此后很多年，我写过很多关于火车的诗歌，《第一次知道平原如此平坦》《绿色的普通快车》《绿色的护栏》《带着大葱上北京》《与老母乘动车返乡》《回乡途中读保罗·策兰》等。在火车不断提速的时候，故乡却离我越来越远了。城市正在将我的乡土远远地抛在后面并迅速掩埋。故乡从来没有如此安静、落寞和低矮，"第一次知道 平原如此平坦 / 刚生长的玉米也并未增加他的高度 / '动车加速向前，平原加速向后' / 远处的燕山并不高大 / 白色的墓碑在车窗外闪现"。

近年来乘坐火车去过很多地方，包括江南、西南和塞北。那些曾经美好的文学记忆和想象是如此轻而易举地实现，那些文学史上的地名一次次在我的现实里现身。但是，如此快的速度和生活，却让我没有一颗安闲的心来看看这些物旧人非的地方，没有一个安静的时刻面对那些永远稳坐的青山和不息的流水。当我 2011 年夏天从台湾回来的时候，母亲已经在北京住了几个月了。她对老家的想念可想而知。我和母亲一起去北京站，出地铁的时候母亲不敢坐电梯，我陪着她一步一步地走台阶。我听到了她沉重的喘息，那个细小的声音远远地超出了车轮和铁轨摩擦的刺音。终于上了和谐号列车，母亲很快就睡着了。那一刻车窗外的一切都不存在了。我和母亲正在回故乡的路上，而留在那一刻的是母亲那些更加深刻的皱纹。我从来不敢看母亲的皱纹，因为那些岁月的刀斧正在斫砍我并不轻松的中年时光。

记得很多年前，晚上我都是伴随着不远处的火车声入睡的。可最近几年我却听不到了。是回故乡的时候越来越少了，还是火车的声音越来越轻了？

我仍然在追问自己的是——火车的前方是什么呢？除了远方，还是远方？

"70 后"的"马灯"：一代人的写作命运

　　"70 后"是中国最后一代还提着"马灯"前行的写作者。一条崭新的道路和一条废弃的道路同时出现在他们面前。选择哪一条路？这就是一代人写作的命运。

　　最早接触和阅读"70 后"诗歌是我在 2004 年左右开始写作《尴尬的一代：中国 70 后先锋诗歌》的时候。倏忽间十年过去！这一写作群体更为庞大。甚至随着自媒体、同仁刊物以及个体经验的日益成熟等多重因素的刺激，这个群体的数字仍在不断激增。而在多元化的社会空间里，包括"70 后"在内都不能不面对写作的公信力和辨识度的空前降低。在主流精神不断涣散而个体幻觉不断膨胀的年代，已经没有一个绝对意义上的"词"能够获得共识与普遍认可度。在一个全面拆毁"故地"和清楚根系的时代，诗人不只是水深火热的考察者、测量者、介入者甚至行动分子，还应该是清醒冷静的旁观者和自省者！对于"70 后"而言尽管"个体诗学"从来都是存在的并且是每个诗人都秉持的，但是整体性的历史遗留、现实境遇和精神境遇却使得他们呈现了不可规约和消弭的共性征候。当然，共性也必然是以个体性和差异性为前提的。每一代人都是由差异性的个体累积成的。

在诗歌技艺、精神征候、思想视阈以及时代境遇、地方性知识等层面来谈这一代诗人自 1990 年代后期以来的诗歌写作更近乎不可能。尽管我从来都不否认甚至不断强调个人化的历史想象力对于一个诗人的重要性，但是我越来越觉得诗歌是需要阅历和经验的。新世纪以来，"70 后"一代的诗歌写作不断在历史与现实、经验和想象、表意和语言等诸多限阈之间进行摩擦、龃龉甚至撞击。面对这些带有个人冥想能力、现实介入能力、文体创造能力、精神成长能力以及个人化历史想象能力的文本世界，这个时代的阅读者和批评者是否做好了耐心阅读的准备？在我看来这一代人通过诗歌要完成的工作就是关上路灯和车灯！让那些昏昏欲睡又自以为是的人们看看这个时代已经造成的后果和一个个灾难性的精神图景。在时代的雾霾天气里，我们的诗人该去往何处？

我们都难以自控地跟随着新时代前进的步调和宏旨，但是却很少有人能够在喧嚣和麻木中折返身来看看"来路"和一代人的命运"出处"。即使有一小部分人企图重新在"历史"和"现实"两岸涉渡和往返，但是他们又很容易或者不由自主地成了旧时代的擦拭者和呻吟的挽歌者，成了新时代的追捧者或者不明就里的愤怒者。而一种合宜的姿态就应该是既注意到新时代和旧时代之间本不存在一个界限分明的界碑，又应该时时警惕那些时间进化论者或保守论者的惯性腔调。吊诡的则是"70 后"一代人恰恰有着集体性的"乡愁"情结。这注定是一个没有"故乡"和"远方"的时代！城市化消除了"地方"以及"地方性知识"。同一化的建筑风貌和时代伦理使得我们面对的是没有"远方"的困顿和沉溺。极其吊诡的则是我们的"地方"和"故地"尽管就在身边，但我们却被强行地远离了它。而"地方"和"故地"的改变更是可怕和惊人，所以"70 后"文字里携带的精神能量的地理空间成为不折不扣的乌有之乡。曾经的乌托邦被异托邦取代。当飞速疾驶的高铁抹平一个个起点和终点，诗歌就成了作为生存个体的诗人反复寻找、确认自我与"前路"的一种方式。在隆隆的推土机和拆迁队的叫嚣中，一切被"新时代"视为老旧的不合法的事物和景观都以不可思议的速度在消亡。然而诗人在此刻必须站在前台上来说话！在此诗人不自觉地让诗歌承担起了挽歌的艺术。现在看来"故乡"和"异乡"在"新时代"的命运用"震惊"一词已经不能完全呈现我们的不解以及愤怒。一代人诗歌里的"平墩湖""沈家巷""鹅塘村"和"洪湖"显然不再是单纯的地理空间代名词，而是成为重组后的个体灵魂和现实景深结合的场域。这是语言和精神的"求真意志"过程。而"地方性知识"在一代人的诗歌谱系中更多地是作为连接历史与现实、家族与时代的一个背景或一个个窄仄而昏暗的通道。这些具有暗示能量和寓言化的场景正是曾经的乡土中国的黑灰色缩影。但是"70后"不应该成为单向度的"乡土诗人"，而应该将中国当代现实和精神性的历史无限压缩在一个个地方的入口，同时又通过放大镜的方式将所面对的一切提升到最为宽远的精神空间和寓言化状态。

在一个精神"能见度"不断降低的年代，诗人的困窘以及写作难度可想而知。痛苦而万幸的是这一代人不仅看到了高高矗立的"纪念碑"和城市建筑，而且也注意到它周围纵密的街区、低矮的草群和卑微的人群。他们的很多诗歌具有傍晚来临一样的沉暗气质。由此我在"70后"焦虑、尴尬、分裂、忧郁、沉重、踌躇的"诗人形象"里看到了探入内心深处的忏悔意识——除了生命诗学的层面更大程度上还代表了后工业时代的救赎心理。然而在繁复的精神向度上而言诗歌仅仅做到一种"怨愤诗学"还远远不够。诗人除了表达愤怒与不解，还必须转到时代表盘的背后去细心查看那些油污的齿轮和螺丝，去印证摩擦系数、润滑指数以及指针锈蚀的可能性参数。而那些黑色记忆正在诗歌场域中不断弥漫和加重。诗人所目睹的"时代风景"更多已经变形并且被修改甚至芟除。"真实之物"不仅不可预期而且虚无、滑稽、怪诞、分裂、震惊的体验一次次向诗人袭来。诗人已经开始失重并且被时代巨大的离心力甩向无地。这一代人似乎一直有着重新追寻"逝去之物"的冲动。无论是对于一条消失的小路，还是对于一条流到中途就消失的河流，他们都集体性地呈现出关于"时代废弃物"的孤独而决绝的追挽。他们在时代的废弃物中找到了那只蒙尘已久的马灯，小心翼翼地提上它走在路上。诗人目睹了火焰残酷消失的过程，但是也只能反复劝说自己去相信"真理还在"。

对于怀念"乡土"却又最终失去"乡土"的这一代人，写作似乎正印证了"行走"诗学在当下的必要性和重要性。然而我们也必须要注意的是，"行走"在这个时代的难度。这种难度不仅在于我们在集体的城市化和现代性、全球化时代"行走"方式发生了转换性的巨变，而且还在于"行走"时所目睹的地理风景甚或时代景观都几乎发生了天翻地覆的"除根性"改变。这一代人面对混杂着前现代、现代性和后现代性的地理景观，被激发的是怎样的情怀和想象呢？对于亲身经历过"乡土中国"的"70后"一代而言，其对个人精神性的地理以及行走方式可能要比"80后"和"90后"深刻得多。对于"地方性知识"正在消失的时代而言，诗人再次用行走开始诗歌写作就不能不具有时代的重要性。我们的诗歌可以在行走中开始，但是我们又该在哪里结束呢？

如果一代人的写作仅仅沦为了伦理化的冲动和社会学意义上的批判功能则未免显得狭窄。而我看到的则是，很多"70后"一代人仍然试图在新世纪以来的写作中于喧嚣的城市化时代继续寻找内心安静的时刻以及自然和时间元素伟大的一面。尽管这种时间性体验的抒写和普世化的情感表达不得不被各种意想不到的场景和声音所打断。值得注意的是，这种诗歌写作的沉潜状态在我看来更像是一个人将诗歌的光芒投注到细微或广大的自然万物以及时间性的景象当中。这些看起来内倾、沉潜的个人性的精神实际上并不轻松。在回叙和预叙视角的转换中这一代人必须勇敢地承担。黑夜中执着闪亮的雕刀正如星光照亮了卑微的阴影，诗人点亮的是一个略显老旧和落寞的甚至"虚无主义"的灯盏。我希望在机场、地铁、高铁、高客、公交车的每一站都有人在迎面相撞的"现实"和"时代"面前怀揣着"修辞的力量"。可以肯定地说这种修辞的力量不是虚无的，而是不可或缺的。正如多年前那个穿越时光和诗歌"窄门"的人，在他努力侧身挤进光芒中的那一刻他的身影是高大的。而那渐渐透亮的光芒也终于使昏昏的人们看清灰尘的本相。尽管这一代人试图一次次建立起精神秩序，但是他面对的则是一个个锋利的碎片。在这个时代，已经没有任何人能够将这些碎片捡拾并拼接成一个整体了。

那翻卷不息的波浪和头顶上污染严重的星空已经难以平息诗人内心深处那些抖动不已的芒刺。然而集体性的命运却是，这一代人越是努力，就越是失败。可叹的西绪弗斯！

当2007年1月22日，内蒙古大草原为皑皑白雪所覆盖的时候，我强烈地感受到了江非递给我的《纪念册》的热度。当江非、沈浩波和我作为同代人在异域背景下面对着白雪的屋顶，清澈、奇异的星空，白桦的身影，大兴安岭的森林和茫茫雪野来谈论诗歌的时候，我强烈地感受到是到了为一代人的诗歌和生活的历史做一个初步总结的时候了，尽管我自己也认为更为具体细致的工作可能还有待时间。从额尔古纳回来之后，江非写给我的一首诗《额尔古纳逢霍俊明》成为我写作《尴尬的一代》这本书的动力之一，"你、真理，和我 / 我们三个——说些什么 // 大雪封住江山 / 大雪又洗劫史册 // 岁月 / 大于泪水 / 寂寞 / 如祖国"。面对着人们隔靴搔痒谈论我们这一代人的诗歌写作并且时时充满偏见，我一次又一次想到了马尔科姆·考利和他为同代人和自己所撰写的影响深远的《流放者归来——二十年代文学流浪生涯》。而考利所做的正是为自己一代人的流浪生活和文学历史所刻写的带有真切现场感和原生态性质的历史见证,一代人的回响仍在继续:这是一个轻松、急速、冒险的时代,在这时代中度过青春岁月是愉快的;可是走出这个时代却使人感到欣慰,就像从一间人挤得太多、讲话声太嘈杂的房间里走出来到冬日街道上的阳光中一样。当我在无数个寒冷或闷热的夜晚不断阅读一代人大量的诗歌时,我不知道多年之后还会有多少人还会静静阅读、感知那一首首充满热度澎湃和隐秘激情的诗行。在大量的关于"70后"的诗歌文本的细读中,我甚至可以无愧地说,"70后"一代人的诗歌写作不会比任何一个时代差,相反,我相信在这代人中间会默默走出几个高大的诗人,可能是极少数的几个,他们,最终会站在历史档案的某个重要的位置——尽管"70后"诗人注定是在尴尬和夹缝中完成诗歌写作的宿命。最终,我将"70后"一代人定为"尴尬的一代",我在21世纪的阳光和冬雪中不能不想到岁月深处的海明威、帕索斯这些"迷惘的一代",凯鲁亚克、艾伦·金斯堡、伯勒斯这些"垮掉的一代"。在这代人不乏戏剧性的登场中,在理想主义、集体主义和实用主义、消费主义纠结的时代氛围中,他们注定了是沉重的一代,而这一代人也必将是在灵魂上仍然高大并最终会以伟大的诗歌站在历史的某个山峰上的一代。

70年代出生的一代人,无论是在具体的生活中还是在诗歌写作中都呈现出不断的永不止息的"漂泊"状态。这些"异乡者"和外省人为了谋生、工作不得不离开乡村,在一个城市和另一个城市之间不断穿梭、寻找,因此"70后"一代人更像是背着生存的行囊、精神的行囊不断漂泊的"归乡无路"的一代,"此刻的天空一片开阔 / 连灵魂都闭上了眼睛 / 当你迈开步伐回家的时候 / 只有滚石滑落,只有心跳 // 你知道你无法再次返回 / 就像你找不到子宫,你再也找不到 / 你的故乡。你虽然移动着 / 但那只是些纯粹的紧张"(丁燕:

《归乡无路》）。在迅疾转换的时代背景中，这些从年龄上不算年轻也不算衰老的一代已经显现出少有的沧桑与尴尬，对于城市，他们都不是最终的停留者，而乡村，精神的乡村则不断在变幻的生存场景中贴近这些略显世故而又追寻理想和纯真的灵魂的发着低烧的额头。

异乡的夜色和无尽的车站、铁轨、城市、旅馆，成为"70后"一代人的挽歌。众多"70后"的诗人身上都有着强烈的关于城市的印记，而这种印记显然不为"70后"这一代人所全然接受。甚至在诗学的意义上城市已经成为一个工业化时代的黑色象征，城市是一个不受欢迎的符号。这让我想起当年的波德莱尔和他诗歌中的城市、街区——"穿过古老的郊区，那儿有波斯瞎子／悬吊在倾颓的房屋的窗上，隐瞒着／鬼鬼祟祟的快乐，当残酷的太阳用光线／抽打着城市和草地，屋顶和玉米地时／我独自一人继续练习我幻想的剑术／追寻着每个角落里意外的节奏／绊倒在词上就像绊倒在鹅卵石上"。也许不同的是，作为1970年代出生的一代人，我们强烈感受到的并不是轻松。我不想将自己与当年的考利比较，我知道自己的能力，当然我也知道作为一代人的责任：命名与发现。

我更想强调的是，在"70后"诗人与前代诗人甚至后来的"80后"诗人的历史关联上应该是互相影响和互学相长的关系，而不是布鲁姆所认为的当代诗人就像一个具有俄狄浦斯情结的儿子对着前辈诗人和诗的传统这一"父亲"形象的绝对对立，即前代诗人企图压抑和毁灭更为年轻的一代，而后来者则以"误读"来修正和贬低前人和传统从而达到树立自己诗人形象的目的。当然不可否认的是，每一代人都生长在前代人的影响的焦虑和阴影当中，即使是哈罗德·布鲁姆所说的诗人中的强者也有着将前代诗人理想化的倾向，即使是吸收了前代人的营养他们也更像是负了债的罪人，因为他们的职责是创造出自己。所以，我更希望包括"70后"一代人在内

的诗人在影响的焦虑中走出巨大的阴影，竖立起属于一代人甚至整
个诗歌史的纪念碑。历史和诗歌史都是在减法规则中不断掩埋的过
程，我想我的焦虑就是，"70后"中的重要诗人是不应该被草草埋
葬进历史的烟尘中的。那么，我所能做的就是在众多的"70后"诗
人中寻找为数不多的星辰来一起点亮值得不断观察、认识的天空，
我也承认，限于个人能力的制约和阅读视野等诸多因素的影响会有
重要的"70后"诗人被忽视和遗漏，这是不能避免的遗憾，希望后
来的研究者，有敏识的研究者能够补充我的遗漏、更正我的错误。

　　是这代人，以诗歌的话语方式承担了时代的误解和阵痛，同
样，是这代人，以卓异的诗歌语言、想象力和独创的手艺承担了历
史和人性的记忆。他们也许曾经痛苦，曾经挣扎，曾经迷失，但是
他们永远在路上，这些70年代制造的"老卡车"，有些疲惫但仍然
发动着年轻而有劲的车轮——因为他们始终没有放弃寻找，放弃一
代人的理想或者宿命。

　　我想布罗茨基关于诗人与语言、性格、社会环境关系的一段话
对"70后"诗人也同样适用，当然更是对诗人身份的"唯一"的
正确认识——"我们的诗人被迫不懈地走向无人涉猎过的区域——
无论是在精神、心理方面，还是在词汇方面。如果他抵达了那里，
他会发现那里的确无人，也许只有词的始初含义或那始初的，清晰
的声音。这会造成伤亡。他做得越久——即道出一直未被道出的东
西——他的行为就会变得越怪异。他在此过程中所获得的天启和顿
悟，会使他更加傲慢，或者，更可能使他越发谦卑，去面对他在这
些顿悟和天启的背后觉察到的压力。他还可能为这样一个信念所苦
恼，即语言作为一种最古老、最具生命力的东西，向他传授着它的
声音，它的智慧以及关于未来的知识。无论他的天性是合群的还是
谦逊的，这种东西都能将它包装起来，使他远离那借助划过他腹股
沟的公分母企图随意将他驯服的社会环境。"（《文明的孩子》）

那些恒星、流星、闪电或流萤

2013 年溽暑，北京的郊区顺义。少有的清凉中，商震和我说到明年正好是"青春诗会"举办整整三十届。他说诗刊社要做出一些大举动，其中包括编一部诗选。两个白羊座的男人在夜色微醺中走过荷花盛开的池塘。我知道，这是重新进入和叙述诗歌史的一个开始。早在 1930 年代初期刘半农在《初期白话诗稿》中就道出了迫近的历史沧桑感，而这种沧桑也仅仅是新诗发展短短十余年时间所造成的。在刘半农看来十年前的新诗竟已成为"古董"了。而"青春诗会"已经三十多年了，早到了重新整理、爬梳和总结的时候了。被称为"诗坛黄埔军校"的"青春诗会"最初的名称是"青年诗作者创作学习会"，1982、1983、1984 年三届诗会改名为"青年诗作者改稿会"。因为从第一届开始与会者的诗作在诗刊发表时都是冠以"青春诗会"总题，所以这一名称被沿用下来。

我注意到很多参加青年诗会的诗人存在着"改诗"的现象，其中很多诗作尤其是一些长诗、组诗在后来都有不同程度的修改。这种修改不只是字词和标点上的，甚至有的到了重写、改写甚至完全颠覆的程度。也就是说最初刊登在《诗刊》上的诗与后来的诗歌在面貌上发生了很大的变化、位移甚至龃龉或分裂。这些"不成熟"

的诗作成了这些诗人日后闭口不谈的痛处。这些最初发表的诗作甚至有一部分从来没有再公开发表，也没有进入这些诗人后来自印或公开出版的诗集、诗选。有的诗人甚至公开否定自己早期的诗作，每当有人夸赞他早期的诗，他就会不客气地指出自己重要作品是后来的和现在的。换言之，这些诗人掩盖了自己的诗歌成长史。这是否正如鲁迅深刻批评的那样，"听说：中国的好作家大抵'悔其少作'的，他在自定集子的时候，就将少年时代的作品尽力删除，或者简直全部烧掉。我想，这大约和现在的老成的少年，看见他婴儿时代的出屁股，衔手指的照相一样，自愧其幼稚，因而觉得有损于他现在的尊严，——于是以为倘使可以隐蔽，总还是隐蔽的好。"而"幼年的天真，决非少年以至老年所能有。况且如果少时不作，到老恐怕也未必就能作，又怎么还知道悔呢？"（《集外集·序言》）我知道也理解这些诗人的初衷和苦衷，他们只是想让这些"青年时代"的诗作更成熟。这自然无可厚非，遗憾的是他们不知道青春期的诗歌特有的自然、真实甚至未定型状态是"成年状态"的诗所不具备的，也是不能相互取代的。

"青春诗会"如一条自然分娩的河流。有些诗人在其上不断乘风破浪、扬帆起航，有的诗人则草草游了几下就匆匆上岸，有的则甘愿沉于水底。值得注意的是，"青春诗会"中有的诗人"出手"极高，在刚开始写作的时候就写出了一生的成名作和代表作，比如顾城、梁小斌、舒婷、骆一禾、伊蕾、唐亚平、于坚、欧阳江河、翟永明等。也有一部分诗人属于大器晚成，写作越来越成熟卓异，比如西川、王家新、翟永明、伊沙、臧棣、侯马、雷平阳、荣荣、林雪等。当然由于诸多主客观原因，一些重要的诗人没有进入到诗会的视野。这自然是遗憾的事情，但是诗人的成长也不单是由一个诗会最终决定的，关键还在于自己与文字、现实的关联。

经常能够看到一些诗人在一些场合批评、否定甚至谩骂"青春诗会"。但一个真正不把"青春诗会"当回事的人是不会对此说三道四的，只有那些怀着各种复杂心理的人才会有此举动。任何活动都不可能是完满的，任何活动都需要真正意义上的对话和批评，只要不掺杂私心、恶念和猜狷的攻讦即可。能够入选"青春诗会"的诗人基本上代表了不同时期青年诗人写作的整体水平，当然在这一段不短的历史进程中也存在着一些"不合格"诗人因为种种原因进入了。但总体而言，中国诗坛关于青年诗人的相关活动还没有任何一项能够抵得上"青春诗会"的历史重要性和影响力。光看看那些至今仍然在闪耀的诗歌星空，我们就没有理由不对这些"青春诗人"报以真诚的致敬。历史已经证明，其中有少数一部分极其优异的诗人成了诗坛的恒星，而有一部分成了流星——曾经璀璨耀目一时但终究黯淡、泯灭；又有一部分诗人好似闪电，曾经也闪耀过，但其过程更为短暂倏忽；也有的诗人类似于茫茫暗夜里的一个小小的流萤，尽管微弱但那些光是从躯体和灵魂中生发出来的。尽管他们在诗坛上写诗的时间不长，甚至有的参加了"青春诗会"后便再无好诗面世，但是当时他们写下的诗仍能够代表那个时代的诗歌个性。这就足够了。

其中有的诗人已经离世，让我们记住他们的名字——顾城（1956—1993）、骆一禾（1961—1989）、赵伟（1947—2004）、刘希全（1962—2010）、大平（1960—2010）……

当年诗刊社的一些编辑以及邀请到会的指导教师有的已经作古，那一个个名字——臧克家（1905—2004）、艾青（1910—1996）、田间（1916—1985）、邹荻帆（1917—1995）、袁可嘉（1921—2008）、蔡其矫（1918—2007）、张志民（1926—1998）、雷抒雁（1942—2013）、王燕生（1934—2011）、韩作荣（1947—2013）、雷霆（1937—2012）——至今仍然无比亲切又令人倍感心痛。

让我们再次回味当年的一个个热血贲张的青年诗人的镜头，从

1980 年的夏天开始再次出发吧……

1980 年王小妮接到《诗刊》编辑雷霆的一封信，邀请她到北京参加一个诗会。这就是后来震动文坛并影响深远的首届"青春诗会"。无论是对南方诗人还是对王小妮、徐敬亚这样土生土长的北方人，北京是具有强大的精神感召力的。在徐敬亚的积极争取下，他以年轻评论家的身份和王小妮一起在 1980 年夏天离开长春前往北京。临行前曲有源等诗人专门为徐敬亚和王小妮在南湖九曲桥举行隆重的送行仪式。有关单位则示意徐敬亚到北京后不要和任何"地下"刊物联系。1980 年 7 月 20 日徐敬亚和王小妮到达北京车站，这时徐敬亚想到的是食指的那首《这是四点零八分的北京》。时年二十五岁的王小妮莫名兴奋地坐在天安门广场前拍照，笑容灿烂。对于王小妮和徐敬亚而言天安门广场确实是一个"让人无法平静的地方"（王小妮语）。当舒婷、顾城、江河、梁小斌、张学梦、杨牧、叶延滨、梅绍静、才树莲、王小妮、徐敬亚等十七位"青年"诗人在北京和北戴河享受阳光的时候，他们可能还不能预知到这次青年诗人以诗歌名义相聚的意义。参加诗会的除了江河、顾城等北京诗人外，其他的都住在当时虎坊路甲 15 号的诗刊社。这些低矮的平房却使得 80 年代的先锋诗歌达到了一个后来难以企及的高峰。其中有些诗人已经不再年轻，正是曾经动荡的年代才让这些人以"青春"和"诗歌"的名义寻找到了青春岁月的尾声和曾经一度饥渴的精神寻找。在诗刊社所在的大院平房里，当顾城神情紧张地将自己从家里带来的苹果分给诗人们吃的时候，也不会有人想到这个腼腆而固执于"童话世界"的诗人在 1993 年会出现黑色寒冷的人生悲剧。当这些青年诗人怀着对诗歌的忐忑和朝圣之情与诗歌编辑和成名老诗人们谈论的时候，当他们在夏天的燥热中在木板床上吱吱呀呀辗转难眠的时候，当他们在北京偏僻胡同的巨大洋槐下喝着啤酒翻看相互的手抄或自印的诗歌时，我们不能不由衷地感叹这些被诗歌眷顾的年轻人是幸福的，更是幸运的。也许只有诗歌还能让那个时代刚刚找到自由气息的人们仍然怀有理想的冲动和怀有难忘而莫名的美好记忆。1980年代的诗歌的黄金时代正是从这里开始的。当时诗会的居住、开会和生活条件并不好。但是在那个时代诗歌是最重要的，诗歌成为那个时代纪念碑一样高耸被人敬畏的事物。诗会时诗刊社腾出四间平房让诗人们居住。吃饭是在与当时诗刊社隔两道院墙的北京京剧院，诗人们自己买饭票菜票。诗会期间，北岛、芒克、杨炼的到访在青年诗人中引起了炸弹般的反响。徐敬亚和王小妮、舒婷还参加了北岛等人组织的沙龙活动以及谢冕、吴思敬和孙绍振在《诗探索》创刊前召集的青年诗歌会议。外省来的青年诗人在虎坊桥的诗刊社写诗。那是一个怎样激动人心又难以形容的时代？

　　1980年开始了一个诗歌自信的理想年代。正如徐敬亚当时用东北话大声嚷嚷的"这时代是足以产生最伟大的诗篇的时代"。黄永玉在讲课的时候说的一段话在诗会中流传最广，"我像一只火鸡一样，瓦片碴、碎玻璃、烟头都吃。古代的、外国的，能吃的都吃，消化不了的，拉出来。"江河希望自己写出"史诗"，而如今他早已停止诗歌写作旅居异国。张学梦在房门上贴上一个纸条，上写"诗人难产病房"。梁小斌正在为是向"祖国"还是"中国"说出"我的钥匙丢了"而苦恼——梁小斌2013年因病重住院，他在参加诗会的时候说过这样一句话，"不管多么深刻的哲理，都要以孩子的感觉和语言来说出。实际上，我已长大成人。"而顾城却永远都没有长大成人，不管是在诗人形象还是在现实生活中，"我总是长久地凝望着露滴、孩子的眼睛、安徒生和韩美林的童话世界，深深感到一种净化的愉快。"晚上屋内炎热，很多诗人就跑到陶然亭公园——清康熙三十四年工部郎中江藻奉命监理黑窑厂，在慈悲庵西部构建一座小亭，并取白居易诗句"更待菊黄家酿熟，与君一醉一

陶然"中的"陶然"为亭命名。这些青年人在东湖、西湖、南湖和沿岸的小山上乘凉谈诗。离他们不远处是长眠于此的高君宇和石评梅的墓地。这里还有赛金花墓遗址。

首届诗会的那些照片尽管已经发黄变脆，但是那历史的影像却愈益清晰。

照片一：艾青讲课后，学员到院子里合影。（从左至右）前排：寇宗鄂、韩作荣、徐敬亚、叶延滨、孙武军、张学梦、高伐林、陈所巨、徐晓鹤。中排：蔡其矫、吴家瑾、高瑛、严辰、艾青、邹荻帆、邵燕祥、梅绍静、徐国静、才树莲。后排：刘湛秋、雷霆、朱先树、梁小斌、顾城、江河、杨金亭、杨牧、常荣、舒婷、王小妮。诗人和老师背后是两棵高大茂盛的梧桐树。如今，这些院子和树都已经不在了。真是"树犹如此，人何以堪"？

照片二：青年诗人在十三陵游玩，顾城、梁小斌、邵燕祥、江河、叶延滨、高伐林、张学梦一起在神道合影。

照片三：一行诗人在山海关城楼下合影。后排左起是顾城、梁小斌、才树莲、王小妮、舒婷、高伐林、孙武军、叶延滨、徐敬亚；前排左起坐在地上的是张学梦、徐晓鹤、江河、陈所巨、杨牧。一行人中只有王小妮戴着一顶白色的帽子。舒婷亲昵地搂抱着王小妮。

照片四：大海给了这些诗人以释放激情和"力比多"的机会。叶延滨和陈所巨在沙滩上扛起徐晓鹤然后直接扔进波涛滚滚的大海。

第六届和第七届的"青春诗会"是公认的"黄金诗会"，其阵容的齐整、诗人的高水平是有目共睹的。

1986 年 9 月，诗刊社举办的第六届"青春诗会"在太原召开。会议期间于坚和韩东二人之间展开了一次对话，谈话中被更多谈论的是北岛和"朦胧诗"。对话开头于坚的第一句就是"在成都有人问我，是不是要和北岛对着干。我说，我不是搞政治的"。

1987 年诗刊社第七届"青春诗会"在北戴河召开。这一届诗会的阵容强大，其中西川、欧阳江河、陈东东、简宁、杨克、郭力家、程宝林、张子选都在诗坛产生了重要影响。

在第八届诗会期间，年轻诗人谈论最多的是骆一禾《辽阔胸怀》中的诗句——"人生有许多事情妨碍人之博大／又使人对生活感恩"。"骆一禾生活在大都市，其人与诗却无浮躁之气。所谓'玩'文学是别人的事，而他却使人们听到了来自灵魂的声音。他的创作，正是一种人生通向一个精神的王国的历程。诗友们在讨论时说他的诗'高贵'，而这种高贵恰恰出自一个人在面对生活、艺术和信仰时的那样一种敬畏。"（雷霆、北新：《"它来到我们的中间寻找骑手"》）

无论是参会的诗人还是诗刊社的编辑以及指导教师，在多年后回忆那段诗歌日子的时候都时时被美好的记忆和激情所点燃着。

2000 年，"青春诗会"二十年之际王燕生这样写道："那是一段让人热血沸腾的岁月，是中国新诗燃放焰火的喜庆日子。1980 年，经过思想解放运动的洗礼，中国诗歌呈现空前活跃、空前繁荣的局面，诗人队伍日益壮大。一大批从炼狱中走出的诗人开始唱'归来的歌'，更多人拂去心灵上的积尘，擦拭笔尖上的锈迹，抒写'开拓之歌'。诗刊社当时有一个不成文的规定，凡因诗而受难的诗人，复出后若因荒疏而质量欠佳，也一律择优发表，以慰诗心。尤为可喜的是许多陌生的面孔登上前台，一些新异的诗也从传统的母体中分离出来。"

梁小斌在指导第十八届"青春诗会"的时候曾经说过这样一句话——""青春诗会"的最大收获是产生了困惑。"是的，青春的诗歌如果没有困惑而只有自信是可怕的，也是可疑的。

"青春诗会"几乎每年一届，当然我们也要注意到 1981 年、1989 年、1990 年、1996 年和 1998 年"青春诗会"的停办。也许

这五年我们还可以寻找到更多的更具创造力的年轻诗人。可惜，历史没有给这五年以机会，历史没有给那些诗人以机会。缺憾从来都不可避免，历史不会收割一切。整个三十届"青春诗会"下来所累积的诗人已经达到了四百多人。这些诗人，其中有的已经作古，有的还在异国流落，有人闪电一样匆匆闪过就再没有了声息。而那些坚持下来的"少数"诗人如今已经成为当代汉语诗歌史的一个个象征性的坐标。我们不能不发出种种感喟！"青春诗会"的方式无疑对中国青年诗人的成长起来了催化剂一样的效果。很多当时籍籍无名的诗歌写作者从此平台开始不断向各自更高的高地甚至高原前进。

关于"青春诗会"有人认为从 1986 年和 1987 年开始就走下坡路了。甚至更有意思的是，一些曾参加"青春诗会"的诗人后来竟然反戈一击，对"青春诗会"有种种微词甚至进行公开指责。有人认为近些年的"青春诗会"已经成了去各地观光的"饭局"和"名利场"，也有人对一些"青春诗会"的参加者予以种种理由的否定和批判。那么这种种的"不待见"所呈现的是怎样的一番文学生态和诗人的集体心理的转变？在 1980 年到 1987 年之间"青春诗会"很少受到诗坛的批评。显然自 1991 年开始随着社会语境的转换以及所谓的诗歌的边缘化以及大量民刊的涌现，这都对《诗刊》以及"青春诗会"产生了不小的冲击。诗人臧棣就认为如果说"青春诗会"在 1980 年代还起到过扶持作用的话，那么到了整个 90 年代"青春诗会"则基本上谈不上什么影响了。甚至还有人认为整个 90 年代的"青春诗会"因为远离了诗歌现场而谈不上有任何意义。我们一直强调所谓的现场和历史，但是在不同立场的诗人那里历史和现场显然具有了巨大的差异性。就整个 90 年代而言，诗歌的现场是什么呢？当我们重温这一阶段"青春诗会"的名单，那些在整个 90 年代的诗坛表现突出的诗人为数不少的都进入了此前和当时的"青春诗会"的阵营。当我们看到于坚、西川、王家新、韩东、翟永明、欧阳江河、臧棣、伊沙、侯马、宋琳等诗人的名单时答案已经揭晓。当然就这一时期来看，确实有为数不少的"青春诗会""入选者"不仅湮没无闻而且与当时未能入选的同时代诗人比照而言他们也并不优秀和显得重要。

对于当下正在兴起的娱乐圈的"选秀"浪潮，也有人认为"青春诗会"只不过是官方刊物维护自己地位以及各地文学利益分果果、占座次的炒作和没有意义的噱头。我却不这么认为。在中国话语场中我们可以用种种理由来否定一个人和一个活动，但是平心而论的公允言辞却显得稀少。当我们回顾整整三十届"青春诗会"的时候，我们应该注意到一些带有"异议"色彩的诗人以及风格迥异的诗人（什么"个体"的、"民间"的、"知识分子"的等）是被"青春诗会"所容纳的，所以从评选标准来看还是比较多元的。当然这三十届也并非次次都如人意，而无论是诗刊编辑还是参与者都一定程度上对每次的评选结果有微词和不满之声。这也是正常的，谁也不能保证每次入选的都会成为大师级的毫无争议的人物。当然评选是有起码的标准的，如果这个标准被僭越那么其结果自然可以想见。由于对年龄等方面的限制一些诗人未能最终进入评选视野也是难以完全避免的原因。那么，可能会有人说你是否在为《诗刊》和"青春诗会"辩护？我想说的是，确实近年来随着文学生态的日益功利化以及刊物内部的一些原因使得有些年的"青春诗会"在公布名单时总会因为有些入选诗人大大出乎人们的意料而引起争议之声。此大跌眼镜之举也确实显现出评选中各种因素渗入所导致的参差不齐的结果。但是，无论我们是否有微词和不满之声，当我们放眼当下中国的诗歌现场还没有任何相类似的活动能够取代三十四年来"青春诗会"的意义和价值？

一切都将继续！而我们唯能继续做的就是应该让诗歌以自身的成色来说话，而不是靠其他。2012 年 8 月，当谢冕先生作为第

二十八届"青春诗会"的评委（邀请《诗刊》之外的著名批评家和诗人作为评委这是很少见的，这无疑也是对评选公正性的一个保证）出现在京郊的一个水波荡漾的院落的时候，我们能够看出做任何事都是需要良知和真诚的。

我有幸作为指导教师参加了近三年的"青春诗会"。实际上2011年10月在滦南举办第二十七届"青春诗会"时我接到诗刊社邀请，但是因为当时单位有事而未能成行。当真正有一天和那些年轻诗人一起讨论诗歌、面对自然山水的时候那种心情是难以形容的。

2012年8月3日下午，我正在等候修阳台窗户的工人，商震突然打来电话问我明天上午是否有时间，如果有时间诗刊社派车接我然后去某个地方。我不知道商震设的是什么宴，也没问去什么地方，就答应了。第二天中午的时候到顺义怡生园度假村，商震和蓝野已经早早等在那里。到了才知道是评第二十八届"青春诗会"，这可见诗刊社为了办好"青春诗会"的苦衷。院子里有个大荷花池，里面是各种仿世界风格的建筑，就是没有属于真正中国风格的建筑。中午饭快吃完的时候，朱零开车将大解和雷平阳送过来。后来得知雷平阳家人也在北京，带着媳妇看病。下午我和大解没事，荣荣和雷平阳负责筛选入选者。此次参与的稿子近四百份。晚上吃饭雷平阳不敢怎么喝酒，据说上次被荣荣和李南给灌多了。晚饭后赶快回房间看稿子，深夜的时候和大解老师交换诗稿。第二十八届"青春诗会"的名单网上一公布，引起最大争议和关注度的自然是沈浩波。一些所谓的"民间""独立"诗人对沈浩波被"招安"进行了轮番炮轰。当2012年云南蒙自的秋天已经铺展开来的时候，透过碧色寨这些锈迹斑驳的废弃铁轨我们是否还能依稀听到当年的诗人在西南联大朗读诗歌的声音？我们是否还应该继续鼓足青春的勇气向当下愈益难解的时代发出真实而动人的声音？诗人在高原，在精神的高原，在语言的高原。这是我的期许。当然我们也曾看到有些诗人并未能最终站在高原之上，而是在短暂的闪现中和泥沙碎石一起淹没在茫茫的时间河流之中。

对于已经三十届的"青春诗会"而言遗珠之憾是有的。实际上有时候不是因为不够朋友，不够真诚，而是诗歌摆在那里。你能够偶尔一两次对朋友说谎，却一次也不能对诗歌和诗人说谎！

"病人""陌生人"或"赞美诗"

　　任何人想在时代的高速路上停留下来都无异于痴人说梦，而诗人就在此行列。徐则臣在《耶路撒冷》中让一个乡下的疯子将一块石头扔在铁轨上。而这一形象恰恰是暗合于诗人内心的。此时我想到的令人惊悚不已的话是——过去的人死在亲人怀里，现在的人死在高速路上。《少年派的奇幻漂流》是命运使然，也是一种宗教性和命运感的身份确认。

　　对于文学批评而言，我们也许没有这样的幸运。当我在2013年春节即将到来的时候和同乡一起返乡，从北京到河北的高速路上大雾弥漫，伸手不见五指。朋友身子前倾眯着眼盯着前方。汽车从玉田县的高速路上下来，缓慢行驶在开往老家的二级公路上。我对几十年来熟悉的地方竟然陌生不已。这种感觉竟然与《耶路撒冷》中主人公初平阳陌生不已的还乡路如出一辙。原来，现实发生的与词语虚构的会惊人地重合。那个黑夜，我竟然如此真切地觉得还乡的路竟然和异乡的路是同一条路。可怕的命运！是的，对于曾经的"故地"而言，很多事物正在可怕地消失——"到世界去。我忽然想起花街上多年来消失的那些人：大水、满桌、木鱼、陈永康的儿子多识、周凤来的三姑娘芳菲，还有坐船来的又坐了离开的那些暂

居者。他们在某一天突然消失，从此再也不见。他们去了哪儿？搭船走的还是坐上了顺风车？"（《耶路撒冷》）

> 如果我只是旅人
> 就不会在
> 油菜花开的季节想起死亡
> 这是大地辉煌的时刻
> 沉浸在柔情蜜意中的女神
> 下雨一样从天空倾倒黄金
> 我是从这土地上长出来的人
> 知道芳香的花甸下
> 隐藏着多少潮湿的尸骨
> 我认识其中的一些人
> 知道他们简单的一生
> 这是中国人祭奠死者的季节
> 我每年都会回到故乡
> 携带锡箔和黄纸做的元宝
> 穿过油菜花丛
> 身上落满花粉
> 香喷喷的来到坟前
> 其实死者早已不在坟中
> 融为泥土或者转世重生
> 但我依然每年都来
> 与其是在祭奠死者
> 不如说是来看望死亡本身
>
> ——沈浩波《清明悼亡书》

2004 年 5 月，沈浩波与巫昂考察完河南的文楼村之后写下后来影响甚巨的组诗《文楼村纪事》。这首组诗甚至被指认为沈浩波脱离"下半身"的"改邪归正"。我对诗歌界这样的理解和解读方式感到羞耻。不论你处理的是生活的近景还是愿景，诗歌写作都最终必须回到时间的法则中去。也就是说只有你真正打开内心幽暗的精神通道，才可能找到真正属于你的语言和诗句。这样的诗歌才是可靠的。也许这才是"命运之诗"。而说到"命运之诗"，我想到近年来很多诗人关于"身体""肉体""病体"和家族"死亡"的诗，还有填满了各种添加剂的畸形变态的"身体"。围绕着诗歌中这些形形色色的"身体"，我们看到的不仅是个人的命运，而且还隐秘地串联起个体与历史和现实之间的交叉地带。它们的存在和消失既是个人的，又是社会性的。甚至从这一点来说，每个人都是为自己和他人写作黑白色调的"挽歌"。时间是无情的单行道，每个人都不可能倒退着回到过去。在很多诗人这里不断出现的是那些疼痛的、缺钙的、弯曲的、变形的、死亡的"身体"。那些敢于把自己置放于时间无情的砧板之上的诗人是值得敬畏的。我喜欢其中一些诗人以诗歌的方式还原了身体经验的重要性。没有身体的改变和感知，对季节冷暖的体悟，对时间流变中身体变形的疼痛，行走过程中身体与历史的交互，身体对外物和他人的接触，怎么会有真正的诗歌发生？很大程度上可以说诗歌这种话语方式印证了"道成肉身"。

尤其值得强调的是，对现实写作往往容易分化为两个极端——愤世嫉俗的批判或大而无当的赞颂。很多诗人在处理乡土和城市的时候，这种批判性和伦理意识就非常强烈了。累积了那么多的重要诗歌文本和写作经验之后，当下写作城市背景下的生活越来越有难度了。因为，一般意义上的行吟、流连、歌哭、浪漫、抒情甚或疼痛与泪水式的"乡土写作"与"城市写作"（更多的时候二者是一体的）已经不足以支撑现代断裂地带空前复杂的经验。由此，诗歌是一种精神的唤醒。这种唤醒既直接来自于时代境遇，又生发于普世性的时间法则。也就是说这来自于诗人的个体现实，比如生老病死的时间法则，同时又来自于大时代背景之下的具体而微的刺激和反射。什么样的诗人看到什么样的世界。在物化中确认自我，在自我中发现世界。这就是诗人要做的事儿。而现在很多的诗人都不会说"人话"，往往是借尸还魂，拉虎皮扯大旗。借尸还魂，即利用贩卖来的西方资源用翻译体蒙人，用古人和精神乌托邦自我美化、自我圣洁。而说"人话"就是你的诗应该是可靠的、扎实的，是从你切实的体验、身体感知、灵魂深处生长出来的。这样的话，即使你浑身疙疙瘩瘩像榆木脑袋，你也该被尊重，因为那是你最真实的部分。这实际上又回到了上文说到的"诗人形象"。进一步说很多诗人通过诗歌进行自我美化、自我伪饰、自我高蹈。很多诗人那里的美化、洁癖和圣洁，既可疑，又可怕。尤其是你见识了那些诗人在生活和文字中巨大的差异的时候，你就觉得像被强行吃了一口马粪。

　　河南省上蔡县文楼村从表面上看是一个普普通通的村庄，但就是这个村子有六七百个艾滋病病毒感染者登记在册。也就是说村里的三千多口人中每六个村民中就有一个人感染了艾滋病病毒，现在的文楼村正处在艾滋病高发期。这是一个死亡的乡村，"金山领我们 / 去看祖坟前的大石碑 // 石碑是早几年竖的 / 刻满了程氏宗族 / 最近 5 代子孙的名字 // 我们让金山 / 在所有患病的名字上画个圈 // 金山说 / 这个容易 / 上面的太老，下面的太小 / 10 年前，都没卖血 // 一边念着 / 一边拿粉笔 / 在中间那一堆名字上画圈……他念出了自己的名字 / 一手撑着石碑 / 一手笨拙地 / 在上面画了个白圈 // 他没有停留 / 他接着画 // 那是清明未到 / 麦苗青青 / 一丛丛新坟 / 簇拥着祖坟"（《程金山画圈》）。一个贫穷、落后的文楼村却是因为村民卖血染上艾滋病而出了名，这不能不是巨大的讽刺。文楼村如一根强大

的骨刺穿痛着千疮百孔的时代身躯，而文楼村在沈浩波的组诗中无疑成了现实和历史的一个强大的隐喻。

在一个居心叵测的时代，我看到了一个诗人的内心和某种挣扎。在一个精神普遍疲软的年代，却没有什么力量能够让这位叫沈浩波的诗人保持沉默。

在组诗《文楼村纪事》中我们会发现令人毛骨悚然的场景，村里死去的、没死的、即将死去的草芥一般的名字在时代洪流中只能是一个个最终被忽略的渺小而空洞的符号。一个个同样真实的生命就在贫穷、绝症中经历浩劫。当沈浩波在诗歌中呈现出这个巨大的、黑暗的、阵痛的、充满死亡气息和荒谬蔓延的乡村图景时他就证明了诗歌不只是一门单纯的手艺和修辞的练习，而是在时代的大火中精神淬炼的过程。诗人对现实的批判、草民命运的省思和普遍性的人性问题的棒喝来得没有半点含糊。这就是真正的诗歌的现实感和历史感，而不是对现实场景的简单比附和描摹。正如沈浩波在《诗人能够直面时代？》中所提出的"今天的时代，是一个浩浩荡荡的时代，一个迅速摧毁一切又建立一切的时代，是一个如同开疯了的火车般的时代，是一个疯狂的肆虐着所有人内心的时代，是一个令人瞠目结舌气喘吁吁的时代。这么大的时代，这么强烈的时代，我们的诗人却集体噤口了，到底是不屑还是无能？"

说到对沈浩波的印象，我首先想到的是2007年1月作为评委去内蒙古边陲额尔古纳参加第二届"明天·额尔古纳诗歌奖"颁奖的情形。当视野由北京灰蒙蒙的冬日烟尘转换为额尔古纳广阔的草原和莽莽的白桦林时，我以近乎狂醉的心情呼吸着这里的一切。海拉尔车站广场，零下二十几度的天气，我在斯琴格日勒、韩红和凤凰传奇的歌声中在雪地上来回走动好去除周身的寒气。在去额尔古纳的路上，雪原、白桦林、牛群和蓝得让人生疑的天空以及美丽的蒙古族姑娘让我感受到诗歌带给我的快乐。临近半夜，我和江非因为劳累几已进入梦乡，这时曹五木和沈浩波、小引喝酒回来了。曹五木显然是喝高了，一进门就直奔床铺而去，他将整个床都压了下去，并不断大嗓门地打电话，接电话，来回在房间里折腾。后来他不说话了，但是呼噜声惊天动地。我睡不着，江非靠在床上点上一支又一支烟，黑暗中淡红的烟头闪闪烁烁……深夜赶来的沈浩波给我的印象可能和大多数人一样"不容乐观"，正如沈浩波在《自画像》中自我描述的："又圆又秃 / 是我大好的头颅 / 泛着青光 / 中间是锥状的隆起 / 仿佛不毛的荒原上 / 拱起一块穷山恶岭 / 外界所传闻的 / 我那狰狞的面目 / 多半是缘于此处 / 绕过大片的额头 /（我老婆说我 / 额头占地太多 / 用排版的专业术语 / 这叫留白太大）/ 你将会看到 / 伊沙所说的 / 斗鸡似的两道眉毛 / 它使我的脸部 / 呈现斗鸡的形状 / 是不是也使我 / 拥有了一只斗鸡般的命运 / 十年之前 / 人们说我'尖嘴猴腮'/ 而现在 / 却已经是'肥头大耳'了 / 一只肥硕而多油的鼻头 / 彻底摧毁了我少年时 / 拥有一副俊朗容颜的梦想"。额尔古纳给我留下了难以磨灭的印象，不只是这块干净、纯粹的美妙神圣之地给我的震撼，更在于江非、沈浩波等一些同时代诗人朋友的出现让我满怀热度。沈浩波，时而"大大咧咧"，时而又冷静细心，他对诗歌写作怀有"鬼胎"和"野心"。他全副武装的里三层外三层的装束以及那双巨大厚实的皮靴印证了雪原的寒冷，而他的大皮靴和泛着青光的脑袋也不能不让我感受到诗人们的天生异相。我还记得在大兴安岭，当我们一行人穿越山林下山的路上，沈浩波一时兴起对着一棵白桦树就是一脚，嘴里还嘟囔骂着什么，树上的雪正簌簌飘落下来……2012年秋天我和沈浩波在云南高原再次相遇。我们在暴风雨中走在黑漆漆的蒙自铁路隧道里，他拿着几乎没有什么光亮的手电不停模仿着舞台剧演员的声音——"你们要去哪里？""你们要去哪里？"

2015年春天，在首都机场某书店最显眼的位置我看到两本

书——余华的杂文随笔集《我们生活在巨大的差距里》和余秀华的诗集《月光落在左手上》。

按照相关数据统计以及我的观感,像机场这样公共空间里的书店是最能印证一本书的畅销程度的。2011年春天的台湾屏东,我在书店里读到麦田版余华的《十个词汇里的中国》。这本书当时在台湾正热销,而繁体版与内地的简体版在内容上是有些差异的。这或许也是这本书在海峡畅销的一个重要原因。2015年夏天,我在台北诚品书店里看到摆放在最显眼位置的印刻版精装本的余秀华的两部诗集。余华的小说甚至杂文集畅销是预料之中的事,但是余秀华的一本诗集能够畅销且程度超出我们的想象就是最大的意外了。这种畅销的程度和热度甚至超越了海子、余华等作家。百度搜索,余华的链接数量是一百一十万,而余秀华《穿越大半个中国去睡你》的链接数远远超过余华。

余华的《我们生活在巨大的差距里》的封面设计成意味深长且态度鲜明的被撕裂的现实与写作之间的对应关系。封面中间从上而下是撕裂的锯齿状条纹,左侧上方是彩色的灯红酒绿的城市高楼,左侧下方是黑白颜色遗照式的被拆毁殆尽的乡村,右侧则是红白黑相间的出版商设计的噱头式的文字——"当社会面目全非,当梦想失去平衡,我们还能认识自己吗?"

原来,苦难也可以冠冕堂皇地被消费。

那么,从余华到余秀华,我们看到的是怎样的"文学现实"与"社会现实"?我想到的则是布罗茨基的一段话:"并非每个诗人都能在一件艺术作品中赋予这些真实事物的存在以必不可少的真实感。诗人也有可能使这些真实事物变得不真实。"余华说中国人都是"病人",没有一个在心理上是完全健康的,而我还没有给出我的答案。

余华和我都住在北三环附近,每天面对的都是烟尘滚滚的车流、鼎沸的噪音和重重雾霾的"眷顾","这幢大楼耸立在北京嘈杂的北三环旁，以往的日子里，我家临靠北三环两个房间的窗户是双层的，长期紧闭，以防噪音的入侵。"是的，我们都想在城市喧闹中寻求安静，在某一刻看到那些日常但不为更多人所知晓的"现实"。但是在一个新闻化炸裂的现实生活面前我们该如何发现"现实"已经变得愈益艰难。

很多年前，余华在南方小城是通过照相馆里的天安门画像背景来认识世界的，多年后他站在天安门前的那张照片被国内外刊物和媒体广泛使用。而今天人们更多是通过国家公路、铁轨、飞机舷窗和手机以及电脑屏幕来认识现实和"远方"。我想追问的是，在一个去地方化的时代我们还有真正意义上的"远方"吗？

余华在《我们生活在巨大的差距里》表达了他的痛苦、不解和愤怒。我理解余华的初衷，但是我也相信有很多更真实地目睹和遭遇了各种现实的人并没有机会或急于说出更为震撼人心的部分。不幸的是很多作家充当了布罗姆所批评的业余的政治家、半吊子社会学家、不胜任的人类学家、平庸的哲学家以及武断的文化史家的角色。很多现实题材的写作用社会学僭越文学，伦理超越美学。实际上余华也是在诉说精神的"乡愁"。在一个忙着拆迁的城市化时代，一个个乡村不仅被连根拔起，而且一同被斩草除根的还有乡土之上的伦理、文化、传统和农耕的情感依托——这样说并不意味着城市和乡村哪一个更好或更差——而重要的是心理感受和精神落差。是的，几乎每个人都身不由己地生活在这种伦理批判之中。我们有权利表达不满甚至愤怒，但是当下中国的作家更多的正是这种伦理化的批判法则。文学不只是一种布鲁姆所说的"怨愤诗学"，而应该更具有多层次的发现性和可能性。可惜，这种发现性和可能性在当下中国太罕有了。

在每一个作家和诗人都热衷于非虚构性的抒写"乡愁"的时候，

我不能不怀着相当矛盾的心理。一则我也有着大体相同的现实经历，自己离现实和精神想象中的"故乡"越来越远，二则是这些文学和文化文本所呈现的"乡愁"更多的是单一精神向度的，甚至有很大一部分作家和文本成了消费时代的廉价替代品。真正地对"乡村""乡土""乡愁"能够自省的人太少了。我想到了雷平阳的一句话——"我从乡愁中获利，或许我也是一个罪人。"忙着批判不是坏事，但是却成了随口说出的家常便饭，相反我们缺乏的是扎加耶夫斯基的态度——"尝试赞美这残缺的世界。/想想六月漫长的白天，/还有野草莓、一滴滴红葡萄酒。/有条理地爬满流亡者/废弃的家园的荨麻。/你必须赞美这残缺的世界。"尝试赞美残缺的世界，需要更大的勇气！

目下人们对余秀华或者谈论得过多，或者是不屑一顾（尤其是在所谓的"专业诗人"圈内），但是真正细读余秀华诗歌的人倒是很少。撇开那些被媒体和"标题党"们滥用和夸大的《穿越大半个中国去睡你》，搁置诗歌之外的余秀华，实际上余秀华很多的诗歌是安静的、祈愿式的。她那些优秀的诗作往往是带有"赞美残缺世界"的态度，尽管有反讽和劝慰彼此纠结的成分，比如她在2014年冬天写下的《赞美诗》——"这宁静的冬天/阳光好的日子，会觉得还可以活很久/甚至可以活出喜悦//黄昏在拉长，我喜欢这黄昏的时辰/喜欢一群麻雀儿无端落在屋脊上/又旋转着飞开//小小的翅膀扇动淡黄的光线/如同一个女人为了一个久远的事物/的战栗//经过了那么多灰心丧气的日子/麻雀还在飞，我还在搬弄旧书/玫瑰还有蕾//一朵云如一辆邮车/好消息从一个地方搬运到另一个地方/仿佛低下头看了看我"。

每当在地铁和车站以及广场上看到那么多人像热恋似的捧着手机，两眼深情或盲目地紧盯着屏幕忙着刷屏、点赞、转发而乐此不疲的时候，我想到的则是一款手机的全球广告。这则手机广告引用了诗人惠特曼的诗句——"人类历史的伟大戏剧仍在继续 / 而你可以奉献一段诗篇"。而我更为关注的是这款手机广告中删掉的惠特曼同一首诗中更重要和关键的诗句"毫无信仰的人群川流不息 / 繁华的城市却充斥着愚昧"。我想到的是在茫茫人流和城市滚沸的车流中,人们真的需要诗歌吗?或者说即使大众和市场在谈论诗歌更多的时候也是"别有用心",比如为什么那么多的楼盘广告需要海子的"面朝大海,春暖花开"?很简单,就是利益驱动使然。

我每天都能够在微信空间看到余秀华的写作和生活信息,看到她对生活的不满和牢骚——独自摇摇晃晃地在医院照顾生病的老母,还要时时惦记着那些稿费和家里兔子的生长状况。但是我想,这也只是庞大无形的"中国现实"的小小一部分。还有很多日常、莫名和怪诞难解的"现实"处于我们的视野之外。而这恰恰就是文学的功用所在——提高我们的精神能见度。

尽管余秀华很清醒,"我希望我写出的诗歌是余秀华的,而不是脑瘫余秀华,或者农民余秀华的。"但是,恰恰是"脑瘫""农妇""底层""女性"这些关键词使得诗人余秀华激发了"标题党"、媒体眼球经济、看客心理、围观意识、猎奇心态、窥私欲望、女权意识、社会伦理,也就是社会学意义上的"身份""遭际""故事""苦难""传奇性"成为"新闻标题党"的兴奋点和引爆点。比如已经被传播的烂俗化的那首诗《我穿过大半个中国去睡你》。这并非是在真正意义上对诗人和诗歌的尊重。这必然引发的是诗歌的大众化问题。但是诗歌的大众化有时候又是伪命题,因为即使是余秀华的邻居也不知道、不关心余秀华到底是写什么样的诗。她们只知道那是一个脑瘫行动不便时而骂街的和她们没有太大区别的农村妇女。也就是新闻事件的余秀华和写诗的余秀华、日常生活的余秀华并不是同一个人。谈论近期余秀华等"草根诗人"的诗歌美学缺乏基本的共识,而关注其背后的产生机制以及相应的诗歌生态则至关重要。而由微信自媒体刷屏进而扩展到整个媒体空间和话语平台以余秀华为代表的"草根诗人"现象既涉及诗歌的"新生态"又关乎新诗发展以来的"老问题"。由余秀华、许立志、郭金牛、老井、红莲、张二棍等"草根"诗人的热议大体与自媒体生态下新诗"原罪"、诗人身份、"见证诗学"和批评标准（业内批评、媒体批评和大众批评的差异）相关。

面对缺乏"共识"的激辩，面对公信力和评判标准缺失的新诗，亟须建立诗歌和诗人的尊严。在一个精神涣散和阅读碎片化的时代，已很难有文学作为整体性的全民文化事件被狂欢化地热议与评骘，但诗歌却是例外。引爆人们眼球，饱受各种争议，不断被推到风口浪尖的恰恰是诗歌和诗人。无论诗歌被业内指认为多么繁荣和具有重要性，总会有为数众多的人对诗歌予以批评、取笑和无端指责、攻讦。这就是"新诗"的"原罪"——从没有类似情况发生在古典诗词那里。

在现实面前我们更多时候只是一个"病人""陌生人"，甚至是诗人这样有写作"原罪"的人，包括余华和余秀华以及我们。而在这个时代写下"赞美诗"似乎更难，因为世界本来就是残缺和不圆满的。

失去"故地"的时代，诗人何为

　　还乡河，是我丰润老家一条河流的名字。而对于时下的中国诗人而言，似乎他们都宿命性地走在一条"回乡"的路上。这还不只是语言和文化根性层面的，而恰恰是来自于现实的命运。

　　实际上几十年来对于这条故乡的河流我倍感陌生，尽管儿时门前的河水大雨暴涨时能够淹没那条并不宽阔的乡间土路。甚至在1990年夏天的特大暴雨时，门前的河水居然上涨了两米多，涨到了院墙外的台阶上。那时我十五岁，似乎并没有因遭受暴雨和涝灾而苦恼，而是沿着被水淹没的道路深一脚浅一脚地去抓鱼。那时的乡村实际上已经没有道路可言，巨大的白杨树竟然被连根拔起而交错倒在水中。在无数次回乡的路上，我遭遇的则是当年"流放者归来"一样的命运——"他在寻找已经不再存在的东西。他所寻找的并不是他的童年，当然，童年是一去不复返的，而是从童年起就永远不忘的一种特质，一种身有所属之感，一种生活于故乡之感，那里的人说他的方言，有和他共同的兴趣。现在他身无所属——自从新混凝土公路建成，家乡变了样；树林消失了，茂密的铁杉树被砍倒了，原来是树林的地方只剩下树桩、枯干的树梢、枝丫和木柴。人也变了——他现在可以写他们，但不能为他们写作，不能重新加

入他们的共同生活。而且，他自己也变了，无论他在哪里生活，他都是个陌生人。"

而黑夜和冰雪中那条名为"还乡河"的河水早已经流干，被扔弃的病猪尸体和黑色的剧毒农药瓶子在雪地上分外显眼。当我们不断抱怨现实，我们也一次次远离了真正的现实本相。多年来，我并未能真正理解和反思我的乡村命运，而对于几百里之外的京城我也一直心存恐慌。当不得不通过文字和想象来看待这个世界，我们是否已经做好了充分的心理准备？在污染严重雾霾重重人们争先谈论天气的时代，我们是否为当下的文学和诗歌提前做好了阴晴冷暖的统计表格？在娱乐和消闲的图书市场和柔靡芳香的咖啡馆里，蒙尘的书是被哪只手不经意地拿起又匆促地放下？多年后，为了认清故乡的这条河流我不得不借助网络进行搜索，因为我无力沿着这条几近干枯和曾经污染严重的河流踏踏实实地走下去。这是一个"故地"被连根拔起的时代。那么，在一个提速和迅速拆毁的时代，是否"我们都不去看前方"？这一焦灼语境下诗人该如何发声？

当代的诗人更多是在城市化空间里生存，而现代性的气息无论是作为一种必然还是一种症结几乎是无处不在。

> 这时一个人走进咖啡馆，
> 在靠窗的悬在空中的位置上坐下，
> 他梦中常坐的地方。他属于没有童年
> 一开始就老去的一代。他的高龄
> 是一幅铅笔肖像中用橡皮轻轻擦去的
> 部分，早于鸟迹和词。人的一生
> 是一盒录像带，预先完成了实况制作，
> 从头开始播放。一切出现都在重复
> 曾经出现过的。一切已经逝去。

一个咖啡馆从另一个咖啡馆

漂了过来，中间经过了所有地址的

门牌号码，经过了手臂一样环绕的事物。

两个影子中的一个是复制品。两者的吻合

使人黯然神伤。"来点咖啡，来点糖"。

一杯咖啡从天外漂了过来，随后

是一只手，触到时间机器的一个按键，

上面写着：停止。

—— 欧阳江河《咖啡馆》

广场的时代已经远去了，更为休闲慵懒倦怠的公共空间成为普通人和文青的重要场域。咖啡馆与写作之间的关系已经越来越日常化了。而说到咖啡馆与文学的关系我首先想到的是法国的"左岸"（Rive gauche）。

左岸，即巴黎塞纳河的左岸。塞纳河从东南朝西北方向流入巴黎城。塞纳河的左岸也就是巴黎的南部，相对的右岸就是巴黎的东北部、北部和西北部。而左岸显然已经不再是一般的地理图景，而是带有了明显的人文性图景和区域性精神。尤其是在20世纪初到40年代，左岸的巴黎成为世界文化的中心。聚集在左岸的图书馆、出版社、杂志社、广场、咖啡馆、酒吧和客厅（著名的如哈列维沙龙）成为知识分子和社会精英的文化活动空间。而右岸显然成了中产或高层聚集的消闲娱乐之地。爱伦堡、马尔罗、纪德、布勒东、萨特、波伏娃、梅洛－庞蒂、法尔格等都经常出入于这里的咖啡馆和酒吧，甚至在波伏娃那里咖啡馆已经取代了卧室和办公室。而咖啡馆成为重要的公共空间还与法国人的生活习惯有关，他们都是在自己客厅之外和朋友见面。甚至来自于其他国家的自由知识分子和艺术家以及"流亡者"也在左岸寻求慰藉和庇护，如毕加索。蒙帕纳斯、双叟咖啡馆、圆顶咖啡馆、花神咖啡馆、丁香园咖啡馆（以聚集了不同时期的大量知名诗人而为人称道）等成了一个个最具象征性的文化地理坐标。显然这些咖啡馆和酒吧的形成以及影响不能不得力于巴黎左岸拉丁区的大学传统。实际上早在 19 世纪，左岸就因为拉丁区的大学传统和特有的人文魅力而形成了咖啡馆和酒吧的繁荣景象。这甚至形成了一个文化地缘的传统。海明威曾在小说《太阳照常升起》中借杰克·巴恩斯之口说出左岸对"迷惘的一代"的重要性，"不管你让出租车司机从右岸带你去蒙帕纳斯的哪家咖啡馆，他们都会把你拉到罗桐多去。十年后也许会是圆顶。"

咖啡馆作为重要的公共空间确实对于文学和艺术甚至是革命文艺都起到了很重要的作用。就连上海时期的鲁迅也经常出入位于四川北路 1919 号坐西向东的三层砖木结构的公啡咖啡馆。1927 年 10 月 3 日鲁迅和许广平经过一个多星期的辗转奔波终于抵达上海。从共和旅店、景云里 29 号、景云里 18 号、景云里 19 号、北四川路 194 号的拉摩斯公寓、施高塔路大陆新村 9 号（今山阴路 132 弄 9 号）以及内山书店、公啡咖啡馆等私人和公共空间里我们可以看到这一时期鲁迅的生活和写作状态与上海之间的复杂而特殊的关系。1995 年公啡咖啡馆因四川北路扩建而拆除，现址在虹口区多伦路 88 号。公啡咖啡馆由日本人设立，一层卖糖果、点心，二楼专喝咖啡。1930 年 2 月 16 日"左联"筹备会（又称上海新文学运动讨论会）在公啡咖啡馆二楼召开。鲁迅在 1930 年 2 月 26 日的日记中写道："午后同柔石、雪峰出街饮加菲。"1934 年萧红和萧军刚到上海时鲁迅就带着他们一起到公啡咖啡馆聊天、谈论文学。而对于当年太阳社和创造社成员鲁迅则不无揶揄道"洋楼高耸，前临阔街，门口是晶光闪灼的玻璃招牌，楼上是'我们今日文艺界上的名人'，或则高谈，或则沉思，面前是一大杯热气腾腾的无产阶级咖啡，远处是许许多多'醒醒的工农兵大众'，他们喝着，想着，谈着，指导着，获得着，那是，倒也实在是'理想的乐园'。"

16 和 17 世纪英格兰经济发展和造酒业的推动使得酒馆成为重要的公共空间并且推动了戏剧和文学的发展。波德莱尔的《游历中的波西米亚人》、兰波的《我的波西米亚》都不断强化了寻求精神自由和人格独立的愿望。在中国文学史上民国时期的北平、上海和南京、重庆等地的酒馆、茶楼和咖啡馆里到处可见这些精神上的波西米亚者。

四川诗人翟永明在 1992 年完成的长诗《咖啡馆之歌》呈现的是女性个体的物质生活和情感境遇。这与北岛、欧阳江河的一定程度上的精神乌托邦和理想主义困窘的话语方式迥异。

诗人截取了下午、晚上和凌晨三个具有特殊性和差别性的时间场景。翟永明在文本中设置了大量的毫无诗意的琐屑、平淡的对话。换言之，这已经不是一个谈论诗歌和真理的时代。在咖啡馆里分贝最高的是谈论社区、生活、异乡、性欲还有乏味爱情的声音，"上哪儿找 / 一张固定的床？"这是否成为咖啡馆这样的公共空间里最具私人性和身体性的追问？而公共空间沾染上的浓烈的情欲和身体味道几乎成了当下时代的寓言——"我在追忆 / 西北偏北的一个破旧的国家 // 雨在下，你私下对我说 / '去我家 / 还是回你家？'"

而到了 1990 年代后期，诗人们更为频繁地出入于咖啡馆、酒吧甚至星级或者洲际大酒店。尤其是在这一时期的女性写作那里，咖啡馆和酒吧更多地成为带有情欲和爱情憧憬的日常空间，"酒吧是一种建筑结构，是一座放满音响、窗格、花朵、美酒的居室。直到如今，它的幽静而富丽的幻想吸引着爱情，博爱和思念的人们。春天，等到又一个春天到来的时候，那座酒吧等待着我们，就像世界敞开的居室。"（海男:《酒吧》）诗人也仍然在看似认真地讨论诗歌的历史和未来，但是诗人已经显得心不在焉或者力不从心！因为时代和生活的重心已经发生倾斜。尽管在那些五六十年代出生的诗

人那里仍然会惯性地在这些公共空间里寻找精神和诗歌的意义，但是对于那些更为年轻的诗人而言咖啡馆也许与诗歌有关，但是更与越来越没有意义和丧失了精神性诉求的生活有关。正如姜涛所说："在海淀与农展馆之间，在北大的博雅塔与北师大的铁狮子坟之间，在上苑的小树林与摩登的酒吧之间，在一场接一场的酒局和长谈之间，并没有一种完整、统一的诗歌气质被发展出来。"

在咖啡馆里，色彩、香气、味道和醉意可以从一个瓶子或许多瓶子里倒出来，从方形的、圆柱形的、圆锥形的、高的、矮的、棕色的、绿色的或红色的瓶子里倒出来——"可是你自己选的饮料是清咖啡，因为你相信巴黎本身就含有足够的酒精。随着晚上的时间消逝，就更会使人醉倒。"

在沈浩波这样 2000 年左右高举"下半身"大旗的诗人那里，咖啡馆也不能不带有青春期"力比多"和身体欲望的味道。新街口外北大街甲八号的福莱轩咖啡坊成为八九十年代北师大校园诗人伊沙、侯马、桑克、徐江、沈浩波等光顾、聚会的场所。

1999 年 3 月 12 日，沈浩波在大学毕业前夕写下《福莱轩咖啡馆·点燃火焰的姑娘》。当咖啡馆是和姑娘（"小姐"）置放在一起，我们可以约略知道这首发生于咖啡馆场所里诗人的精神指向，"从今年开始我才刚刚是个男人 // 要不然就换杯咖啡吧 / 乳白色的羊毛衫落满灯光的印痕 / 爱笑的小姐绣口含春 / 带火焰的咖啡最适合夜间细品 / 它来自爱尔兰遥远的小城 // 你眼看着姑娘春葱似的指尖 / 你说小姐咖啡真浅 / 你眼看着晶莹的冰块落入汤勺 / 你眼看着姑娘将它温柔地点着 // 你说你真该把灯灭了 / 看看这温暖的咖啡馆堕入黑暗的世道 / 看看这跳跃着的微蓝的火苗 / 在姑娘柔软的体内轻轻燃烧"。

一年之后的夏天，还是在同一间咖啡馆，沈浩波与于坚、伊沙、侯马、黎明鹏相聚谈诗。不久之后，沈浩波写下《从咖啡馆二楼往下看》。在二楼居高临下的视点里他不是在审察时代和人群，而是紧盯在那些穿着暴露的异性身上——

> 我一边听着
> 一边透过玻璃窗往下看
> 姑娘们正从对面的商场走出来
> 她们穿得很少
> 我看着她们
> 我晃动着大腿

　　不久之后，一场由咖啡馆开始的毁誉参半震惊诗坛的"70后""下半身"诗歌运动开始了！

　　而多年之后，沈浩波如此回忆当时的情形："从 2000 年我与巫昂、尹丽川、朵渔、南人一起创办《下半身》诗歌杂志开始，这种声音就在催化着中国现代性诗歌精神的发育，我们从反叛、反抗、质疑甚至是粗暴的推翻开始加速着这一进程。从那时起，我的写作就是自觉地置身于强大现实中的写作，就是带有坚硬精神背景的先锋写作。多年过去了，多少当年和我一起先锋过的青年已经完全无力为继的时候，我自豪于自己没有背离写作的初衷。也曾经犹豫和停滞过，也曾经由于乡村生活的背景而放任过那种浪漫主义的软弱抒情的一面，但最终我却更为坚定地成为一个年近中年的'先锋派'。"（《中国诗歌的残忍与光荣》）

　　这个精神的游弋者最终无法摆脱那层出不穷的栅栏和障碍。而值得敬畏的则是，在此过程中一个人被逼无奈的精神成长的档案与灵魂自供书。而在一个被不断拆毁的时代，他对于废墟和茂盛荒草的发现与抒写则呈现了杜甫式的绝望与凄然，"国破山河在，城春草木深。"在一个"去地方化"的时代，我们已经很难通过地理空间

和文化区域来发现具有"方言"归属感的写作。所以,为了行文的方便,我大体是按照现象学以及代际的并列方式进行我的阅读观感。

我们的诗人在经历过频繁转换的 1980 年代、1990 年代和新世纪的时候是否内心深处发生了不可避免的变化甚至剧烈转换?时代给诗人的写作带来了什么不一样的质素?而时代转换时我们的诗人是否有足够的心理和强大的诗行来面对?时代转换确实有些像是从深夜向凌晨的悄悄过渡,更多的人并未觉察到二者之间正在发生的本质性的变化,更多的时候我们学会关掉手机和闹钟在各种梦语和自我蒙蔽中来面对时代的变化和自我减损。我也企图在一些私人身上找到区别于其他省份区隔和地方的特质,但最终我们会意识到在一个生活、阅读、写作和精神都不断被同质化的今天,诗人之间的区别度正在空前而可怕地缩减。

我越来越留意到诗歌写作中的"个人性"问题。

每个人在自由和开放表达个体情感的同时,一部分诗歌也因为过于窄促的阅读空间而丧失了倾听者。也许我们仍然可以在精英立场上强调诗歌是献给无限少数人的事业,但是好的诗歌与重要的诗歌、伟大的诗歌之间的区别是显而易见的。提请诗人们注意的就是应该在个人与周边事物甚至更为广阔的与现实和命运紧密相连的历史感受力中综合性地呈现诗歌的成色。

而随着城市化和城镇化时代的降临,我们的诗歌地理和地方性正在发生着怎样的变化?新世纪以来汉语诗歌写作不能不让我强调地域性和文化根性对于一个地域和诗人个体写作的重要性。

2000 年以来诗歌写作和诗歌生态都发生了不小的变化,比如新媒体力量的崛起,屌丝文化的盛行,全球化和消费化的浪潮,泛意识形态化的推进。诗坛也在诗歌运动退潮之后在看似繁荣、喧闹、多元的诗歌景象中集体进入了休眠期和丧失诗歌"英雄"的平庸的世俗年代。诗歌运动和诗人群体被无限张扬的网络媒介的似乎无限敞开的虚拟空间所取代。我们这个时代的任何地方都成了城市，连最偏远的农村也正在集体化、同一化的城市化建设中推倒重建。一同推倒的还有这些地域的长期的文化根脉和地理诗学传统。

北京、上海、广州、深圳、成都都成了中国的"巴黎"，"欲望之城"是个巨大的机器。它能使你神经兴奋，使你感官敏锐。图画、音乐、街上的喧嚣、店铺、花市、时装、衣料、诗、思想，似乎一切都把人引向半感官、半理智的心醉神迷的境地。甚至在诗人廖伟棠看来，曾经的具有"波西米亚"特征的香港也正经历了巨大"岁月神偷"般的"地方性"巨变。廖伟棠因为工作和爱情的原因一次次深入了解了北京，北京也在他的诗歌中呈现为想象中的历史和日常城市生活之间的错位、摩擦和龃龉。其中最具有代表性的就是廖伟棠写于1999年6月27日的诗《北京1910，一个女密谋家的下午》："京城的天空密布乌云，稀薄的影子也隐而不见。/'踏踏踏'，很快，这划破寂静的脚步声也不复闻，/但是现在到了一首《马赛曲》的回旋处！/现在是一首《国际歌》（她听到吗？），开始时低徊、喑哑。//一个英俊的男子与她交臂而过，向她丢了一个眼色，/这令她困惑：她记不起他是一个密探，还是另一个密谋家？/'反正眉毛都藏在毡帽底下。'也许，他是她曾经的情人，/但是现在，她有一把冰冷的匕首紧贴着她的大腿。//'是的，革命与情欲不能分开。'就像巴枯宁/眉目动人。（快点回家吧，腥风血雨即将落下）/在另一侧大街的方向，她听见有人群欢唱簇拥着/他们的拿撒勒之王走向城郊的断头台。//'也许我终将戕杀自己的性命，成为第一个/与革命拥抱的女人，陷入最终的，真正的欢愉。'/她在能遥望刑场的街角默默站立了一阵，低下头/系紧了暗红的衣襟。但是现在，满天的乌云挪开了一线，/有一道嶙峋的阳光迅速扫过这片血迹斑斑的大地！//她听到吗？一把雪白的匕首直贯她的脊梁——/在一首《马赛曲》的回旋处，音乐之上有刀剑在鸣响！/迅速沉寂

下来，她又迈步前行，走进满城的乌云中。// 她熟悉布朗基的火药味，熟悉马克思所谓'革命的即兴诗'；/'下午终于过去了，将要是我们精研炼金术的好时光，/不知道她们是否已带来了一个新时代的灵感。'/她回到旅馆，天色在她密谋的曙光中渐渐陷入黑暗。"从城市黑压压的行色匆匆的人群中突然伸出的巴枯宁一样的手以及被噪音遮蔽的《国际歌》显得如此唐突。一切都沾染上了虚弱无力的情欲和城市妄想症的味道。这个时代的人们已经无力站在公共空间里成为一个革命者或者密谋家，匕首、火药、刑场、血迹和密谋者只能成为不断被冲淡的想象和白日梦一样的幻景。只有一个个小小的旅馆是真实的，它们可以暂时安眠一个个年轻或正在衰老的身体。爱情、大腿、咖啡和旅馆显然要更为真实。

我们在一次次最初抵达这些城市的时候都是无比兴奋，离开时都是懊恼不已，甚或不以为然。这就是以北京的后海酒吧、三里屯酒吧为象征的喧闹背后的无意义。我们可以尽情地、忘乎所以地陶醉和沉醉于城市，醉宿在任何一个酒店，还可以和任何一个放荡陌生的女子上演身体的"战争"。但是极其可悲和荒诞的是我们在城市和工业、欲望之都的狂欢节上成了出生地和精神故乡双重的异乡人，成了真正的无家可归者。无论是江南还是北方，都已经沦为了商业时代导游图上的一个利益坐标和商业的布景和道具。

当深圳的富士康公司投资一百万人民币成立诗歌协会的时候，我们该如何认识诗歌与工业和城市公共空间之间的关系？这个时代的诗人是否与城市之间建立起了共识度和认同感？

1936 年卓别林《摩登时代》正在 21 世纪的社会主义中国上演——人与机器的战争、城市与故乡的对垒。对于当年的曼德尔施塔姆而言城市在诗歌中尽管也是悲剧性的，但是仍然是熟悉的记忆，"我回到我的城市，熟悉如眼泪，如静脉，如童年的腮腺炎。"但是对于谢湘南这样经历了由乡村到城市、由故乡到异地的剧烈时代转捩的一代人而言，他们仿佛是突然之间由乡村被空投到城市。由此，卡夫卡式的陌生、分裂、紧张、焦灼成为了谢湘南这样的"异乡人"集体性的时代体验和诗歌话语的精神征候。"他们都是异乡人，像我一样。"这句十五年前的诗句一直都没有离开过谢湘南这样一个"异乡人"最为挣扎、纠结、疼痛和惊悸的内心。当诗歌不得不参与了现实生活，那么这种写作也不能不是沉重的。写作就此不能不成为一种命运。这让我想到了吉尔·德勒兹的一句话，就写作和语言而言"精神病的可能和谵妄的现实是如何介入这一过程的"。当下诗人的写作与现实场域之间越来越发生着焦灼的关联，甚至社会学一度压抑了诗歌美学。正如布鲁姆所嘲笑的，很多诗人和研究者成了"业余的社会政治家、半吊子社会学家、不胜任的人类学家、平庸的哲学家以及武断的文化史家"。

　　1992 年顾城关于北京有一组诗《鬼进城》，这是极其诡异、阴森、分裂、着火入魔式的精神妄想症以及准确的城市寓言抒写——"'死了的人是美人' 鬼说完 / 就照照镜子 其时他才七寸大小 / 被一叠玻璃压着 玻璃 / 擦得非常干净 / '死了的人都漂亮' 像 / 无影玻璃 / 白银幕 被灯照着 / 过幻灯 一层一层 / 死了的人在安全门里 / 一大叠玻璃卡片 // 他堵住一个鼻孔 灯亮了 又堵住另一只 / 灯影朦朦 城市一望无垠 / 她还是看不见 / 你可以听砖落地的声响 / 那鬼非常清楚 / 死了的人使空气颤抖 // 远处有星星 更远的地方 / 还有星星 过了很久 / 他才知道烟囱上有一棵透明的杨树"。

　　但是多少年来真正意义上成熟的"城市诗歌"仍然阙如。谢湘南在城市里写下的是"我在孤独的深圳"。

　　谢湘南以影响焦虑症的话语方式印证了一种典型性的个人存在和"异乡人"身份在当代中国城市化进程中的命运。命定的"离乡"和无法再次回到的"故乡"，罗渡村和深圳成为双向拉扯、撕拽的力量。谢湘南与城市的关系是从零点开始的——"零点的搬运工"。

零点，既是一天的结束也是又一天的开始。这种过渡和含混正是城市所天生具有的，它是如此的含混、暧昧、扭曲。城市里的波西米亚者和午夜幽灵一样的精神游荡者已经从波德莱尔的巴黎来到中国的各个城市！谢湘南的诗歌呈现了语言现实和社会现实之间巨大的摩擦力和临床一样的病理特征。值得注意的是，谢湘南的"城市过敏史"式的诗歌写作体现了真正意义上的文化、生命和时代伦理等多个层面下的身体诗学和病症式的写作方式。正如诗人自己所说"病（或痛苦）成了生活的母体，一定程度上也成了诗歌的母体"。病态城市文化的癫痫症状以及日常状态的极其琐屑、平庸的后遗症和并发症成了诗歌写作不可回避的现实。谢湘南的诗歌带有敏感、焦虑、多思、脆弱的呼吸不匀的紧张感和失调特征。城市在谢湘南这里更大程度上像一个浑身病症的存在。城市被命运化和身体化了。这就规避了当下的那些看似现实却与城市现实无关的伦理化写作趋向的危险。谢湘南的诗歌中存在着大量的数字——这些数字代表了时间、号码、价钱、公交车站、居所、工厂、病房、死亡、身体、体重、身份、街区、楼层、路程等的陌生化变迁和难以适从的焦虑心理，"105、106、203、305、601、605、703、802……/ 这是我住过的门牌号 / 你记得吗？我住 305、601、605、703 时 / 你来访过—— // 15、9、19、23、12、17、19/ 这是我打死蚊子个数的一周记录 / 小芳，"23"是我们共同的战果 / 那个晚上，一点的时候，你在我怀里 / 睡得多么踏实…… //1976、06、07——800；□、□、□ / 前面是你的生日，后面是我的一笔稿费 / 再后面的方框，曾记在你的笔记本上 / 是我出生的日期，抑或 / 死亡的时间……"（《数字》）。曾经的故地、故乡和乡土、生命都已经成为了拆迁的城市化时代的一个个被操作和涂抹的经济利益驱动的抽象数字。被机器碾碎的身体以及因为各种事件、事故和意外死亡的人成为一个个身份不明的群体性数字。一个个地方和空间已经在不复存在中成为痛苦的记忆。一个驱除地方和地方性知识的时代已经到来。谢湘南式的命运的数字化和数字化的命名极其准确地对应了当下时代个体存在的真实状态。谢湘南很多的诗歌类似于具有象征性的"便条集"和穿越了空间的抽样式的百科全书式的写作方式。他总是尽可能地将各色人物、场景、事物、事件等碎片化的现实以共时性的方式拼贴、挤压在一起。这样密集而快速的意象话语空间就形成了空前的紧张感和压迫感。晚近时期的谢湘南在诗歌中越来越清晰地呈现了一个清醒、审慎的具有自身和救赎意识的形象。这是一个在城市空间和现代工业流水线拒绝被复制和同一化而仍存在独立意志和自我意识的写作者。

对于当代中国诗人而言，城市、广场、街道、厂区、农村、城乡接合部、"高尚"社区、私人会馆无不体现了空间以及建筑等的伦理功能。城市背景下的诗歌写作很容易走向两个极端，一个是插科打诨或者声色犬马，另一个则是走向逃避、自我沉溺甚至愤怒的批判。邰筐则在城市里凌晨三点这一极具象征性的时间点上唱出了并不轻松的歌谣。风正吹过城市，也吹来了诗行。

1971年寒冷的正月，邰筐在山东临沂的古墩庄降生。邰筐在1996年9月用七天的时间走完长达两千一百里的沂河的壮举对其诗歌写作的帮助以及对文化地理学意义上的乡村和城市的重新确认都大有裨益。如果说当年的芒克、多多、根子、林莽等人是为白洋淀写诗，海子为麦地写诗，于坚为尚义街6号写诗，那么邰筐就是为临沂、沂河和曲柳河写诗，为他所熟知的这些事物再次命名。邰筐诗歌中的城市和事物更多是浸染了深秋或寒冬的底色，尽管诗人更多的是以平静、客观、朴素甚至谐趣来完成一次次的抒情和叙写。如果说优异的诗人应为读者、批评者、诗人同行以及时代提供一张可供参照、分析、归纳的报告的话，邰筐就在其列。邰筐的诗与欺骗和短视绝缘，他的诗以特有的存在方式呈现了存在本身的谬误和

紧张。工业文明狂飙突进、农耕情怀的全面陷落,"心灵与农村的软"与"生存与城市的硬"就是如此充满悖论地进入了生活,进入了诗歌,也进入了疼痛。在邰筐的诗歌中我们不仅可以日渐清晰地厘定一个诗人的写作成长史,更能呈现出一代人尴尬的生活史与生存史。诗歌和生存、城市与乡村以空前的强度和紧张感笼罩在"70后"一代人身上,"2004 年一天的晚上,我来到了临沂城里。沿着东起基督教堂西至本城监狱的平安路往西走,妄图路过苗庄小区时,到在小区里买房子住下快有一年的邰筐家里留宿一宿,和他谈一些生活上的琐事,以及具体生活之外的人生小计,实在无话可说了,甚或也说一些有关诗歌的话题。"(江非:《记事》)当谈论诗歌的时候越来越少,当谈论生活的时候越来越多,甚至当沉重得连生活都不再谈论,似乎只有沉默和尴尬能够成为一代人的生存性格,甚至也可能正是一代人的集体宿命。

邰筐在经历 1990 年代后期自觉的诗歌写作转换之后,他的诗歌视角更多地转向了城市。收入"21 世纪文学之星丛书"的诗集《凌晨三点的歌谣》就是邰筐在农村与城市的尴尬交锋中的疼痛而冷静的迹写。邰筐在城市中唱出的是"凌晨三点的歌谣"。凌晨三点——黑夜不是黑夜,白天不是白天。这正是城市所天生具有的,它是如此的含混、暧昧、扭曲。而挥舞着扫帚的清洁工、诗人、歌厅小姐、糁馆的小伙计在"黎明前最后黑暗"时候的短暂相聚和离散正是都市的令人惊悚而习以为常的生活场景。而出现在"肮脏的城市"里的一个一年四季扭秧歌的"女疯子"无疑成了城市履带上最容易被忽略却又最具戏剧性的存在:"这是四年前的事了 / 我每天回家的路上都会看到的一个场景 / 她似乎成了我生活的一个内容 / 如果哪天她没有出现,我总觉得少了点什么 / 甚至会有点惆怅和不安 / 她病了吗? 还是离开了这座肮脏的城市 / 后来,她真的就消失了 / 好像从来都没出现过 / 每次经过那个路口 / 我都会不由自主地朝那儿／看上一眼"（《扭秧歌的女疯子》）。2001 年冬天，青年诗人邰筐发出的慨叹是"没有你的城市多么空旷"。如果说此时诗人还是为一个叫"二萍"的女子而在城市里感伤和尽显落寞，没过多久连邰筐自己都没有预料到在扩建、拆迁和夷平的过程中他即将迎来另一个时代和城市生活——凌晨三点的时间过渡区域上尽是那些失眠、劳累、游荡、困顿、卖身、行乞、发疯、发病的灰蒙蒙的"人民"。邰筐、江非、轩辕轼轲三个年轻人在一个个午夜徘徊游荡在临沂城里——精神的游荡者已经在中国本土诞生。而在被新时代无情抛弃和毁掉的空间，邰筐写出的诗句是"没有人住的院落多么荒凉"。这种看似日常化的现实感和怀旧精神正在成为当代中国诗人叙事的一种命运。我同意江非对邰筐诗歌的评价，"他正是直接以锋利的笔触，以囊括一切的胸怀切入了时代的正在'到来'的那一半工商业文明之下的城市化进程中的宏大历史场景，而爆发出了强大的诗歌威力，成为一个无愧于时代的诗人，一个以足够的诗歌力量回报时代的人。"（《当一个人的诗歌与时代建立了肉贴肉的关系》）

2008 年秋天，邰筐扛着一捆煎饼从山东临沂风尘仆仆赶到了北京。此时，山东平墩湖的诗人江非则举家来到了遥远海南的澄迈县城。我不知道这是不是一种巧合还是印证了我在《尴尬的一代》中对"70 后"一代人诗歌写作和生活状态的一句话——漂泊的异乡。似乎这一代人从一出生开始就不断追赶着时代这辆卡车后面翻滚的烟尘，试图在一个时代的尾声和另一个时代的序曲中能够存留生存的稳定和身份的确定。但是事实却是这一代人不断地寻找、不断地错位，不断在苍茫的异乡路上同时承担了现实生存和诗歌写作的尴尬与游离状态。城市生活正在扑面而来。可是当诗人再度转身，无比喧嚣的城市浮世绘竟然使人心惊肉跳。灵魂的惊悚和精神的迷醉状态以及身体感受力的日益损害和弱化都几乎前所未有。与此同时，面对着高耸强硬的城市景观每个人都如此羞愧——羞愧于

萤火时代的闪电

内心和生活的狭小支点在庞大的玻璃幕墙和高耸的城市面前的蒙羞和耻辱。诗人以冷峻的审视和知性的反讽以及人性的自审意识书写了寒冷、怪诞的城市化时代的寓言。而这些夹杂着真实与想象成分的白日梦所构成的寒冷、空无、疼痛与黑暗似乎让我们对城市化的时代丧失了耐心与信心。多年来，邰筐特殊的记者身份以及行走状态使得他的诗歌更为直接也更具有"白刀子进红刀子出"的凛冽和尖锐。而相应的诗歌语言方式上却是冷静和平淡的。这种冷峻的语言与热切的介入感形成了撕裂般的对比和反差。邰筐的诗歌葆有了他一以贯之坚持的对现场尤其是城市现代化场景的不断发现、发掘甚至质疑的立场。在《地铁上》《登香山》《致波德莱尔》《活着多么奢侈呀……》《西三环过街天桥》《暮色里》等诗大抵都是对形形色色的城市样本的透析和检验。邰筐的诗歌，尤其是对城市怀有批判态度和重新发现的诗歌都印证了我对"70后"一代人的整体印象——他们成了在乡村和城市之间的尴尬不已的徘徊者和漂泊者。无论是城市还是乡村都不能成为这一代人的最终归宿。所以，邰筐在这些诗歌文本中所愿意做的就是用诗歌发声，尽管这种发声一次次遭受到了时代强大的挑战。由此，"像一个人一样活着"甚至"像诗人一样活着"的吁求就不能不是艰难的。邰筐诗歌的视点既有直接指向城市空间的，又有来自于内心深处的。而更为重要的还在于他并没有成为一个关于城市和这个时代的廉价的道德律令和伦理性写作者，而是发现了城市和存在表象背后的深层动因和晦暗的时代构造。而他持续性的质疑、诘问和反讽意识则使得他的诗歌不断带有同时代诗人中少有的发现性质素。当临沂、沂河、曲柳河、平安路、苗庄小区、金雀山车站、人民医院以及人民广场、尚都嘉年华、星光超市、发廊、亚马逊洗浴中心、洗脚屋、按摩房、凯旋门酒店一起进入一个诗人生活的时候，城市不能不成为一代人的讽刺剧和昏黄遗照中的乡土挽歌。邰筐在天桥、地铁、车站、街头等这些标志性的城市公共空间里透析出残酷的真实和黑冷的本相。邰筐在这些为我们所熟悉的城市生活完成了类似于剥洋葱的工作。在他剥开我们自以为烂熟的城市的表层和虚饰的时候，他最终袒露给我们的是一个时代的痛、陌生的痛、异样的痛、麻木的痛、不知所措的痛。而"城市靠左""乡村靠右""我靠中间"正是一个清醒的观察者、测量者和诗歌写作者最为合宜的姿势。邰筐的敏识在于深深懂得诗歌写作绝不是用经验、道德和真诚能够完成的，所以他做到了冷静、客观、深入、持久而倔强的个性化的发声。邰筐所做过的工地钢筋工、摆地摊、推销员、小职员等近二十个工种对他的人生历练和诗歌"知识"起到了重要的作用。值得注意的是，邰筐近期的诗作中时时出现一个"外省者"形象。他所承担的不只是一个城市化生活的尴尬寓言的发现，同时更为重要的是这个"外省者"的心态、视角能够更为有效地呈现城市生活中的"诗意"和"非诗意"地带。尤其是在《一个男人走着走着突然哭了起来》这首诗中一个现实或想象中的城市"外乡人"感伤与哭泣正像当下时代的"冷风景"。邰筐诗歌中的城市叙事具有大量的细节化特征，但是这些日常化的城市景观却在真实、客观、平静、朴素和谐谑的记录中具有了寓言性质和隐喻的特质。因为邰筐使诗歌真正地回到了生活和生存的冰点和沸点，从而在不断降临的寒冷与灼热中提前领受了一个时代的伤口或者一个时代不容辩白的剥夺。邰筐的很多相关诗作并不是现在流行的一般意义上的伦理性的涉及公共题材的"底层写作"，而是为这类题材的文本提供了丰富的启示性的精神元素以及撼动人心的想象力提升下的"现实感"。这对于时下愈加流行的粗糙的、浮泛的"打工诗歌"和"城市写作"具有启示性的作用。这些流行性的写作不仅来自于大量复制的毫无生命感以及个人化的历史想象力的缺失，而且还在于这种看起来"真实"和"疼痛"的诗歌类型恰恰是缺乏真实体验、语言良知以及想象力提升的。换言

之，这种类型的诗歌文本不仅缺乏难度，而且缺乏"诚意"。吊诡的则是这些诗作中不断叠加的痛苦、泪水、死亡、病症。在这些诗歌的阅读中我越来越感觉到这些诗歌所处理的无论是个人经验还是"中国故事"都不是当下的。更多的诗人仍在自以为是又一厢情愿地凭借想象和伦理预设在写作。这些诗歌看起来无比真实但却充当了一个个粗鄙甚至蛮横的仿真器具。它们不仅达不到时下新闻和各种新媒体"直播"所造成的社会影响，而且就诗人能力、想象方式和修辞技艺而言它们也大多为庸常之作。我这样的说法最终只是想提醒当下的诗人们注意——越是流行的，越是有难度的。我不期望一拥而上的写作潮流。然而事实却是各种媒体和报刊尤其是"非虚构写作"现在已经大量是关于底层、打工、乡土、弱势群体、城中村、发廊女的苦难史和阶层控诉史。城市就像寒冷大雪背景中的那个锋利无比的打草机撕碎了一个个曾经在农耕大地上生长的植物，同时也扑灭了内心妄想的记忆灯盏。郊区、城乡接合部、城市里低矮的棚户区和高大的富人区都在呈现着无限加速的城市化和工业化进程中的现代病，而其间诗人的乡愁意识、外省身份、异乡病和焦灼感都"时代性"和命运性地凸现出来。所以，当城市化的进程不断无情而无可阻挡地推进，当黑色的时光在生命的躯体上留下越来越沉重的印痕，往日的乡土记忆就不能不以空前的强度扩散、漫延开来。而城市诗正是在时间、历史、体验和想象力的共同观照下获得了直取时代核心的力量。在突进的城市化和工业化景观中一切都面目全非了，但是也有一些似乎从未改变。正如那只捞沙子的木船，日复一日地重复着摆渡、装载的程序。

近年来诗歌和现实的关系应该引起我们的重新思考。实际上我们的诗歌界这些年来一直都在强调和"忧虑"甚至"质疑"的就是指认当下的诗歌写作已经远离了"社会"和"现实"。由这些诗歌我愈益感受到"现实感"或"现实想象力"之于诗人和写作的重要性。尤其是在一个加速度前进的"新寓言"化时代，各种层出不穷的"现实"实则对写作者提出了巨大的挑战。诗人们普遍缺乏的恰恰是通过诗歌的方式感受现象、反思现实、超越现实的想象能力。换言之，诗人试图反映现实和热点问题以及重大事件时，无论从诗歌的材料、构架、肌质还是诗人的眼光、态度和情怀都是有问题的。2009 年的时候，著名艺术家徐冰在通州做了两只巨大的凤凰雕塑。而这两只庞大的成吨的凤凰却是用时代的"剩余物"来完成的。那么这个剩余物是什么？比如说，机器零件，包括一些废旧用品，包括垃圾，包括一些无用和破败的东西，把它拼成两只凤凰的"光辉"形象。当时我在一个朋友的陪同下看到这两个庞然大物的时候，我觉得非常震惊。这两个很新鲜的非常中国化的形象背后的东西却是被我们忽略的。这恰恰又是应该被予以关注和反思的重要事实。所以，我觉得当下中国好的诗歌所处理的材料和最终展示出来的应该是一个我们既熟悉又非常陌生的东西；我觉得这是当下中国诗歌必须要完成的一个过程——"旧建筑像旧时光，新建筑如新时光／都有不尽人意的地方"（盘春华：《在贺州大道 1 号我第一次眺望》）。

我在关于"70 后"先锋诗歌的《尴尬的一代》那本书中曾经比照了这一代人的"广场写作"作为一种尴尬的城市化语境下的精神饥饿感和恐慌感的书写与北岛、欧阳江河等前代诗人之间的差别。当诗人在夜晚和凌晨交界的时间节点上轻轻叹息"我们都不去看前方"（飞飞：《走过零点》）的时候，我们是否因此能够感受到时代和时代之间的差异已经不足以用缝隙来予以形容。我们能够感受到近乎一夜之间空投下来的城市使很多人都还没有做好准备。一息尚存的古典情怀的农耕文明和乡村情结不能不一次次近乎本能而又绝望地衡量这个城市化和移民时代的性格和巨大阴影。

在一个迅速拆迁的时代，一个黑色精神"乡愁"的见证者和命名者也不能不是分裂和尴尬莫名的。

　　诗人患上了深深的时间焦虑症，往事的记忆成为病痛，犹如体内的桃花短暂的饱满、红润过后就是长久的荒芜、无尽的迷乱与哀愁。加之城市作为一种商业和工业文明的强大阴影的遮蔽，诗人不能不在尴尬中排拒这种焦虑和遮蔽。一个在"异乡"混日子生存的人在回故乡的路上却吊诡地失去了"乡村"，因为"故乡"抛弃了自己的"孩子"，因为这个被工业和物欲粉尘浸染的"故乡"也变得不够厚道，因为"家乡就佩服发财的人／家乡就佩服腰缠万贯的人／家乡就佩服开小车回家来的人"。这是新世纪一代人的"回乡偶书"，不一样的时代却是同样的陌生、荒诞、痛彻骨髓。在故乡和时代面前"诗人"身份显得空前可疑。故乡的土路充满泥泞，当有一天它们被翻建成了公路，我们会有感于时代的交通方便，但与此同时以水泥路为原点扩散开来的区域永远不再适合种植庄稼、道义和良知了。

　　我们本身已经无乡可返，可我们却在文字中一次次乐此不疲地制造着归来的梦幻。诗歌成为回家的梯子，而面对永失的故乡我们最多是自相矛盾的造梦者。值得注意的是，一些诗人关于"节气"的诗歌写作，这反拨了物理时间和公元纪年对一个国度集体想象的覆盖和漠视。当时间最终以"节气"的本土方式呈现的时候，很多东西都在重新翻动中值得我们在现代化的路上不断检视和自省。

　　在"失去中寻找"正是中国诗歌的一个悲剧性命运。

　　当年那些先锋诗人曾不断以铁轨和远方来强势表征一代人的梦想与荣光，但是到了当下诗人这里"火车"和"铁轨"作为时间和时代的双重表征在碾压过后留下的却是"孤独""卑微""冷酷"，甚至还有"死亡"以及同样被碾压的"村庄"的"心脏"。

　　当然，诗人也应该明白拧亮一盏台灯还不足以看清这个时代的黑夜。而新世纪以来的乡土写作显然已经成为普遍的写作趋向，更多的同类题材的诗歌看似在处理乡村，但是实际上他们呈现的乡村书写已经远远滞后于真正的乡村现实。当有诗人还在歌颂一个躬身劳作满脸汗水的农民的时候，他们还不知道有些农民已经不愿意在土地上耕作。已经因为没有了土地而不能劳作，或者他们仍继续在土地上劳作的时候那些汗水却蕴藏着更大的无奈与分裂。农田已经不值钱了！在一个传统意义上的乡村城镇和曾经的农耕历史被不断迅速掩埋的"新文化"时代，一个诗人却试图拭去巨大浮尘和粉灰显得多么艰难。而放眼当下诗坛，越来越多的写作者们毫无精神依托，写作毫无"来路"。似乎诗歌真的成了博客和微博等自媒体时代个体的精神把玩和欲望游戏。光之暗面，则更像是一个夜色围拢中的眺望者。他似乎一直在寻找一个高点好方便看清楚周边的世界和国土，但是他最终呈现出来的仍然是并不明亮的景观。光之暗面的诗歌语言感不错，他似乎在寻找这个不明真相时代的咒语以解除不真实的假象，但是整体上看其诗歌还缺乏一定的确定性和稳定性。

当年的 1980 年代的诗人都曾不断以"远方"作为理想和诗歌的诗意之地，然而当"远方"最终被一个个完全一样的"城市"所填充的时候，诗人也许就只能老老实实地活在当下。当一个人不断走出城市、走出惯性的生活和公众的视野，当他不断靠近那些自然之物的时候一颗荒芜、恍惚和压抑的内心是否能得到一刻的舒缓？诗人似乎用"老旧"的事物来逆着时间的河流寻找"边地"的历史，然而羊群、石桥、流水、马车、风灯也不足以达到往昔的边缘，一切正在迅速消散。"挽歌"与"悼词"正在成为这一时期中国先锋诗人们集体的命运。而当诗人跟随时代继续"向前"，马车被火车替换，"边地"被城市交接，我们的诗歌又呈现了怎样的面影呢？最终是一个古旧而田园的"小镇"能够接纳一个诗人的内心，还是这只能是一个时代的集体白日梦幻。

还是开头的那句话——是否我们都不去看前方？

当我和老家的朋友在秋天的雾霾中走向灰蒙蒙的天安门广场，我更愿意在能见度空前降低的境遇下感受生活和写作之间的真正关系。

那么，我们去哪里呢？什么能够让我们拥有那安心谛听和回溯时光暗流的那一刻——"多少年过去，多少地方多少脸都淡漠了，有的人已谢世，／而我站在远方，夜那么静，我终于肯定／我最怀念的，不是那些终将消逝的东西，而是鸟鸣时的那种宁静。"（罗伯特·潘·沃伦）

2013 年 5 月 1 日，我和朋友从北京大学南门一家火锅店出来后在夜色里步行到附近的斯多格书乡。在几近干枯的万泉河边我们竟然说起当年戈麦自沉之事。而回顾多年来的诗歌交往，我与当年的"地下"诗人和后来的先锋诗人都有着或深或浅的交往。有的只有一面或数面之缘，有的则成了忘年交。一个个彻夜长谈的情形如今已成斑驳旧梦。当然对于一些性格怪异和满身怪癖的诗人我也只能敬而远之。在偶尔的见面聊天和信件交往中我感受到那个已经渐渐逝去的先锋年代值得再次去回顾和重新发现。我希望列举出多年来我所交往的那些先锋诗人的名字，是他们在酒桌、茶馆和烟气弥漫的会场上的"现身说法"和别具特色的"口述史"让我决定了这一微观视野和细节史的地方性诗歌研究。

1990 年代以来，在一个全面拆毁"故地"和清除根系记忆的年代，诗人不只是水深火热的考察者、测量者、介入者甚至行动分子，还应该是清醒冷静的旁观者和自省者！这注定是一个没有"故乡"和"远方"的时代！城市化消除了"地方"以及"地方性知识"。同一化的建筑风貌和时代伦理使得我们面对的是没有"远方"的困顿和沉溺。极其吊诡的则是我们的"地方"和"故地"尽管就在身边，但我们却被强行地远离了它。而"地方"和"故地"的改变更是可怕和惊人，所以我们文字里携带的精神能量的地理空间成为不折不扣的乌有之乡。

曾经的乌托邦被异托邦取代。

1990 年的春天，当王家新经过北京西北郊一片废弃的园林时，一群燕子正从头顶上飞过。面对着鸟声啁啾里的春天，诗人却有恍如隔世的荒凉之感，因为寒冷的冬天和同样惊悸的体验却并未远去——"在那一刻，我想起了我们曾经历的苦难青春，想起那曾笼罩住我们不放的死亡，想到我们生命中的暴力和荒凉……"这种压力和冲击在少数的先锋诗歌那里得到了回声，比如王家新《瓦雷金诺叙事曲——给帕斯捷尔纳克》、欧阳江河的《傍晚穿过广场》、孟浪的《死亡进行曲》、陈超的《风车》和《我看见转世的桃花五种》、周伦佑的《刀锋二十首》等。

是的，文学中的晚年已经提前到来。